W9-BHV-149

I MITI

Niccolò Ammaniti

Niccolò Ammaniti

IO NON HO PAURA

MONDADORI

Io non ho paura è un'opera di fantasia. Personaggi, situazioni, luoghi sono creazioni dell'autore. Ogni riferimento a fatti o persone vive o morte è puramente casuale.

www.librimondadori.it

ISBN 88-04-54732-4

© 2001 Giulio Einaudi editore s.p.a., Torino
Edizione su licenza
I edizione I Miti aprile 2005

Io non ho paura

*Questo libro è dedicato a mia sorella Luisa,
che mi ha seguito sulla Nera
con la sua stelletta d'argento
appuntata sulla giacca.*

Ringrazio Chiara Belliti per tutto l'aiuto che mi ha dato e per il cuore che ha messo in questo libro.

Questo solo capì. Di essere caduto nella tenebra.
E nell'istante in cui seppe, cessò di sapere.

JACK LONDON

Stavo per superare Salvatore quando ho sentito mia sorella che urlava. Mi sono girato e l'ho vista sparire inghiottita dal grano che copriva la collina.

Non dovevo portarmela dietro, mamma me l'avrebbe fatta pagare cara.

Mi sono fermato. Ero sudato. Ho preso fiato e l'ho chiamata. – Maria? Maria?

Mi ha risposto una vocina sofferente. – Michele!

– Ti sei fatta male?

– Sí, vieni.

– Dove ti sei fatta male?

– Alla gamba.

Faceva finta, era stanca. Vado avanti, mi sono detto. E se si era fatta male davvero?

Dov'erano gli altri?

Vedevo le loro scie nel grano. Salivano piano, in file parallele, come le dita di una mano, verso la cima della collina, lasciandosi dietro una coda di steli abbattuti.

Quell'anno il grano era alto. A fine primavera aveva piovuto tanto, e a metà giugno le piante erano piú rigogliose che mai. Crescevano fitte, cariche di spighe, pronte per essere raccolte.

Ogni cosa era coperta di grano. Le colline, basse, si susseguivano come onde di un oceano dorato. Fino in fondo all'orizzonte grano, cielo, grilli, sole e caldo.

Non avevo idea di quanto faceva caldo, uno a nove anni, di gradi centigradi se ne intende poco, ma sapevo che non era normale.

Quella maledetta estate del 1978 è rimasta famosa come una delle piú calde del secolo. Il calore entrava nelle pietre, sbriciolava la terra, bruciava le piante e uccideva le bestie, infuocava le case. Quando prendevi i pomodori nell'orto, erano senza succo e le zucchine piccole e dure. Il sole ti levava il respiro, la forza, la voglia di giocare, tutto. E la notte si schiattava uguale.

Ad Acqua Traverse gli adulti non uscivano di casa prima delle sei di sera. Si tappavano dentro, con le persiane chiuse. Solo noi ci avventuravamo nella campagna rovente e abbandonata.

Mia sorella Maria aveva cinque anni e mi seguiva con l'ostinazione di un bastardino tirato fuori da un canile.

«Voglio fare quello che fai tu», diceva sempre. Mamma le dava ragione.

«Sei o non sei il fratello maggiore?» E non c'erano santi, mi toccava portarmela dietro.

Nessuno si era fermato ad aiutarla.

Normale, era una gara.

– Dritti, su per la collina. Niente curve. È vietato stare uno dietro l'altro. È vietato fermarsi. Chi arriva ultimo paga penitenza –. Aveva deciso il Teschio e mi aveva concesso: – Va bene, tua sorella non gareggia. È troppo piccola.

6

– Non sono troppo piccola! – aveva protestato Maria. – Voglio fare anch'io la gara! – E poi era caduta.

Peccato, ero terzo.

Primo era Antonio. Come sempre.

Antonio Natale, detto il Teschio. Perché lo chiamavamo il Teschio non me lo ricordo. Forse perché una volta si era appicciato sul braccio un teschio, una di quelle decalcomanie che si compravano dal tabaccaio e si attaccavano con l'acqua. Il Teschio era il piú grande della banda. Dodici anni. Ed era il capo. Gli piaceva comandare e se non obbedivi diventava cattivo. Non era una cima, ma era grosso, forte e coraggioso. E si arrampicava su per quella collina come una dannata ruspa.

Secondo era Salvatore.

Salvatore Scardaccione aveva nove anni, la mia stessa età. Eravamo in classe insieme. Era il mio migliore amico. Salvatore era piú alto di me. Era un ragazzino solitario. A volte veniva con noi ma spesso se ne stava per i fatti suoi. Era piú sveglio del Teschio, gli sarebbe stato facilissimo spodestarlo, ma non gli interessava diventare capo. Il padre, l'avvocato Emilio Scardaccione, era una persona importante a Roma. E aveva un sacco di soldi in Svizzera. Questo si diceva.

Poi c'ero io, Michele. Michele Amitrano. E anche quella volta ero terzo, stavo salendo bene, ma per colpa di mia sorella adesso ero fermo.

Stavo decidendo se tornare indietro o lasciarla là, quando mi sono ritrovato quarto. Dall'altra parte del crinale quella schiappa di Remo Marzano mi aveva superato. E se non mi rimettevo subito ad arrampicarmi mi sorpassava pure Barbara Mura.

Sarebbe stato orribile. Sorpassato da una femmina. Cicciona.

Barbara Mura saliva a quattro zampe come una scrofa inferocita. Tutta sudata e coperta di terra.

– Che fai, non vai dalla sorellina? Non l'hai sentita? Si è fatta male, poverina, – ha grugnito felice. Per una volta non sarebbe toccata a lei la penitenza.

– Ci vado, ci vado... E ti batto pure –. Non potevo dargliela vinta cosí.

Mi sono voltato e ho cominciato a scendere, agitando le braccia e urlando come un sioux. I sandali di cuoio scivolavano sul grano. Sono finito culo a terra un paio di volte.

Non la vedevo. – Maria! Maria! Dove stai?

– Michele...

Eccola. Era lí. Piccola e infelice. Seduta sopra un cerchio di steli spezzati. Con una mano si massaggiava una caviglia e con l'altra si teneva gli occhiali. Aveva i capelli appiccicati alla fronte e gli occhi lucidi. Quando mi ha visto, ha storto la bocca e si è gonfiata come un tacchino.

– Michele...?

– Maria, mi hai fatto perdere la gara! Te l'avevo detto di non venire, mannaggia a te –. Mi sono seduto. – Che ti sei fatta?

– Sono inciampata. Mi sono fatta male al piede e... – Ha spalancato la bocca, ha strizzato gli occhi, ha dondolato la testa ed è esplosa a frignare. – Gli occhiali! Gli occhiali si sono rotti!

Le avrei mollato uno schiaffone. Era la terza volta che rompeva gli occhiali da quando era finita la scuola. E ogni volta con chi se la prendeva mamma?

«Devi stare attento a tua sorella, sei il fratello maggiore».

«Mamma, io...»

«Niente mamma io. Tu non hai ancora capito, ma io i soldi non li trovo nell'orto. La prossima volta che rompete gli occhiali ti prendi una di quelle punizioni che…»

Si erano spezzati al centro, dove erano stati già incollati. Erano da buttare.

Mia sorella intanto continuava a piangere.

– Mamma… Si arrabbia… Come si fa?

– E come si fa? Ci mettiamo lo scotch. Alzati, su.

– Sono brutti con lo scotch. Sono bruttissimi. Non mi piacciono.

Mi sono infilato gli occhiali in tasca. Senza, Maria non ci vedeva, aveva gli occhi storti e il medico aveva detto che si sarebbe dovuta operare prima di diventare grande. – Non fa niente. Alzati.

Ha smesso di piangere e ha cominciato a tirare su con il naso. – Mi fa male il piede.

– Dove? – Continuavo a pensare agli altri, dovevano essere arrivati sopra la collina da un'ora. Ero ultimo. Speravo solo che il Teschio non mi facesse scontare una penitenza troppo dura. Una volta che avevo perso una gara mi aveva obbligato a correre nell'ortica.

– Dove ti fa male?

– Qua –. Mi ha mostrato la caviglia.

– Una storta. Non è niente. Passa subito.

Le ho slacciato la scarpa da ginnastica e l'ho sfilata con molta attenzione. Come avrebbe fatto un dottore. – Ora va meglio?

– Un po'. Torniamo a casa? Ho sete da morire. E mamma…

Aveva ragione. Ci eravamo allontanati troppo. E da troppo tempo. L'ora di pranzo era passata da un pezzo e mamma doveva stare di vedetta alla finestra.

Lo vedevo male il ritorno a casa.

Ma chi se lo immaginava poche ore prima.

Quella mattina avevamo preso le biciclette.

Di solito facevamo dei giri piccoli, intorno alle case, arrivavamo ai bordi dei campi, al torrente secco e tornavamo indietro facendo le gare.

La mia bicicletta era un ferro vecchio, con il sellino rattoppato, e cosí alta che dovevo piegarmi tutto per toccare a terra.

Tutti la chiamavano la Scassona. Salvatore diceva che era la bicicletta degli alpini. Ma a me piaceva, era quella di mio padre.

Se non andavamo in bicicletta ce ne stavamo in strada a giocare a pallone, a ruba bandiera, a un due tre stella o sotto la tettoia del capannone a non fare niente.

Potevamo fare quello che ci pareva. Macchine non ne passavano. Pericoli non ce n'erano. E i grandi se ne stavano rintanati in casa, come rospi che aspettano la fine del caldo.

Il tempo scorreva lento. A fine estate non vedevamo l'ora che ricominciasse la scuola.

Quella mattina avevamo attaccato a parlare dei maiali di Melichetti.

Si parlava spesso, tra noi, dei maiali di Melichetti. Si diceva che il vecchio Melichetti li addestrava a sbranare le galline, e a volte pure i conigli e i gatti che raccattava per strada.

Il Teschio ha sputato uno spruzzo di saliva bianca. – Finora non ve l'ho mai raccontato. Perché non lo potevo dire. Ma ora ve lo dico: quei maiali si sono mangiati il bassotto della figlia di Melichetti.

Si è sollevato un coro generale. – No, non è vero!

– È vero. Ve lo giuro sul cuore della Madonna. Vivo. Completamente vivo.

– È impossibile!

Che razza di bestie dovevano essere per mangiarsi pure un cane di razza?

Il Teschio ha fatto di sí con la testa. – Melichetti glielo ha lanciato dentro il recinto. Il bassotto ha provato a scappare, è un animale furbo, ma i maiali di Melichetti di piú. Non gli hanno dato scampo. Massacrato in due secondi –. Poi ha aggiunto: – Peggio dei cinghiali.

Barbara gli ha chiesto: – E perché glielo ha lanciato?

Il Teschio ci ha pensato un po'. – Ha pisciato in casa. E se tu finisci là dentro, cicciona come sei, ti spolpano fino alle ossa.

Maria si è messa in piedi. – È pazzo Melichetti?

Il Teschio ha sputato di nuovo a terra. – Piú pazzo dei suoi maiali.

Siamo rimasti zitti a immaginarci la figlia di Melichetti con un padre cosí cattivo. Nessuno di noi sapeva come si chiamava, ma era famosa per avere una specie di armatura di ferro intorno a una gamba.

– Possiamo andarli a vedere! – me ne sono uscito.

– Una spedizione! – ha fatto Barbara.

– È lontanissima la fattoria di Melichetti. Ci mettiamo un sacco, – ha brontolato Salvatore.

– E invece è vicinissima, andiamo… – Il Teschio è montato sulla bicicletta. Non sprecava mai l'occasione per avere la meglio su Salvatore.

Mi è venuta un'idea. – Perché non prendiamo

una gallina dal pollaio di Remo, cosí quando arriviamo la gettiamo nel recinto dei maiali e vediamo come la spolpano?

– Forte! – il Teschio ha approvato.

– Ma papà mi uccide se gli prendiamo una gallina, – ha piagnucolato Remo.

Non c'è stato niente da fare, l'idea era buonissima.

Siamo entrati nel pollaio, abbiamo scelto la gallina piú magra e spelacchiata e l'abbiamo messa in una sacca.

E siamo partiti, tutti e sei e la gallina, per andare a vedere questi famosi maiali di Melichetti e abbiamo pedalato tra i campi di grano, e pedala pedala il sole è salito e ha arroventato tutto.

Salvatore aveva ragione, la fattoria di Melichetti era lontanissima. Quando ci siamo arrivati avevamo una sete tremenda e la testa che bolliva.

Melichetti se ne stava con gli occhiali da sole seduto su un vecchio dondolo, sotto un ombrellone storto.

La fattoria cadeva a pezzi e il tetto era stato riparato alla meglio con latta e catrame. Nel cortile ci stava un mucchio di roba buttata: ruote di trattore, una Bianchina arrugginita, sedie sfondate, un tavolo senza una gamba. Su un palo di legno coperto di edera erano appesi dei teschi di mucca consumati dalla pioggia e dal sole. E un cranio piú piccolo e senza corna. Chissà di che bestia era.

Un cagnaccio pelle e ossa abbaiava alla catena.

In fondo c'erano delle baracche di lamiera e i recinti dei maiali, sull'orlo di una gravina.

Le gravine sono piccoli canyon, lunghi crepacci scavati dall'acqua nella pietra. Guglie bianche, rocce e denti appuntiti affiorano dalla terra rossa. Spesso dentro ci crescono olivi sbilenchi, corbezzoli e pungitopo, e ci sono caverne dove i pastori mettono le pecore.

Melichetti sembrava una mummia. La pelle rugosa gli pendeva addosso ed era senza peli, tranne un ciuffo bianco che gli cresceva in mezzo al petto. Intorno al collo aveva un collare ortopedico chiuso con degli elastici verdi e addosso un paio di pantaloncini neri e delle ciabatte di plastica marrone.

Ci ha visti arrivare sulle nostre biciclette, ma non si è mosso. Dovevamo sembrargli un miraggio. Su quella strada non passava mai nessuno, al massimo qualche camion con il fieno.

C'era puzza di piscio. E milioni di mosche cavalline. A Melichetti non davano fastidio. Gli si posavano sulla testa e intorno agli occhi, come alle mucche. Solo quando gli finivano sulla bocca, sbuffava.

Il Teschio si è fatto avanti. – Signore, abbiamo sete. Ce l'avrebbe un po' d'acqua?

Ero preoccupato perché uno come Melichetti ti poteva sparare, gettarti ai maiali, o darti da bere acqua avvelenata. Papà mi aveva raccontato di uno in America che aveva un laghetto dove teneva i coccodrilli, e se ti fermavi a chiedergli un'informazione quello ti faceva entrare dentro casa, ti dava un colpo in testa e ti buttava in pasto ai coccodrilli. E quando era arrivata la polizia, invece che andare in galera si era fatto sbranare. Melichetti poteva benissimo essere uno cosí.

Il vecchio ha sollevato gli occhiali. – Che ci fate qui, ragazzini? Non siete un po' troppo lontani da casa?

– Signor Melichetti, è vero che ha dato da mangiare ai maiali il suo bassotto? – se ne è uscita Barbara.

Mi sono sentito morire. Il Teschio si è girato e l'ha fulminata con uno sguardo d'odio. Salvatore le ha tirato un calcio in uno stinco.

Melichetti si è messo a ridere e gli è venuto un attacco di tosse che per poco non si strozzava. Quando si è ripreso ha detto: – Chi ti racconta queste fesserie, ragazzina?

Barbara ha indicato il Teschio. – Lui!

Il Teschio è arrossito, ha abbassato la testa e si è guardato le scarpe.

Io sapevo perché Barbara lo aveva detto.

Qualche giorno prima c'era stata una gara di lancio dei sassi e Barbara aveva perso. Per penitenza, il Teschio l'aveva obbligata a slacciarsi la camicia e a mostrarci il seno. Barbara aveva undici anni. Aveva un po' di tette, uno sputo, niente a che vedere con quelle che le sarebbero venute entro un paio di anni. Si era rifiutata. – Se non lo fai, scordati di venire con noi, – l'aveva minacciata il Teschio. Io ero stato male, non era giusta quella penitenza. Barbara non mi piaceva, appena poteva cercava di fregarti, ma mostrare le tette, no, mi sembrava troppo.

Il Teschio aveva deciso: – O ce le fai vedere o te ne vai.

E Barbara, zitta, aveva preso e si era sbottonata la camicetta.

Non avevo potuto fare a meno di guardargliele. Erano le prime tette che vedevo in vita mia, se escludo quelle di mamma. Forse una volta, quando era venuta a dormire da noi, avevo visto quelle di mia cugina Evelina, che aveva dieci anni piú di me. Comunque già mi ero fatto un'idea delle tette che mi piacevano e quelle di Barbara non mi piacevano per niente. Sembravano scamorze, delle pieghe di pelle, non molto differenti dai rotoli di ciccia che aveva sulla pancia.

Quella storia Barbara se l'era legata al dito e adesso voleva pareggiare i conti con il Teschio.

– Cosí tu vai a raccontare in giro che io avrei dato da mangiare il mio bassotto ai maiali –. Melichetti si è grattato il petto. – Augusto, si chiamava quel cane. Come l'imperatore romano. Aveva tredici anni quando è morto. Un osso di pollo gli si è piantato in gola. Ha avuto un funerale da cristiano, con tanto di fossa –. Ha puntato il dito contro il Teschio. – Tu, ragazzino, ci scommetto, sei il piú grande, vero?

Il Teschio non ha risposto.

– Non devi mai dire bugie. E non devi infangare il nome degli altri. Devi dire la verità, specialmente a chi è piú piccolo di te. La verità, sempre. Di fronte agli uomini, al Padreterno, e a te stesso, hai capito? –. Sembrava un prete che ti fa la predica.

– Non faceva nemmeno pipí in casa? – ha insistito Barbara.

Melichetti ha provato a fare no con la testa, ma il collare glielo impediva. – Era un cane educato. Gran cacciatore di topi. Pace all'anima sua –. Ha indicato il fontanile. – Se avete sete laggiú c'è l'acqua. La migliore di tutta la regione. E non è una fesseria.

Abbiamo bevuto fino a scoppiare. Era fresca e buona. Poi abbiamo preso a schizzarci e a infilare la testa sotto la canna.

Il Teschio ha cominciato a dire che Melichetti era un pezzo di merda. E sapeva per certo che quel vecchio scemo aveva dato il bassotto da mangiare ai maiali.

Ha fissato Barbara e ha detto: – Questa me la paghi –. Se n'è andato borbottando e si è seduto per conto suo dall'altra parte della strada.

Io, Salvatore e Remo ci siamo messi ad acchiappare girini. Mia sorella e Barbara si sono appollaiate sul bordo del fontanile e hanno immerso i piedi nell'acqua.

Dopo qualche minuto il Teschio è tornato, tutto eccitato.

– Guardate! Guardate! Guardate com'è grossa!

Ci siamo voltati. – Cosa?

– Quella.

Era una collina.

Sembrava un panettone. Un enorme panettone posato da un gigante sulla pianura. Si sollevava di fronte a noi a un paio di chilometri. Dorata e immensa. Il grano la copriva come una pelliccia. Non c'era un albero, una punta, un'imperfezione che ne rovinava il profilo. Il cielo, intorno, era liquido e sporco. Le altre colline, dietro, sembravano nani in confronto a quella cupola enorme.

Chissà come mai fino a quel momento nessuno di noi l'aveva notata. L'avevamo vista, ma senza vederla veramente. Forse perché si confondeva con il paesaggio. Forse perché eravamo stati tutti con gli occhi puntati sulla strada a scovare la fattoria di Melichetti.

– Scaliamola –. Il Teschio l'ha indicata. – Scaliamo quella montagna.

Ho detto: – Chissà cosa ci sarà lassú.

Doveva essere un posto incredibile, magari ci viveva qualche animale strano. Cosí in alto nessuno di noi era mai salito.

Salvatore si è riparato gli occhi con la mano e ha

scrutato la cima. – Ci scommetto che da là sopra si vede il mare. Sí, la dobbiamo scalare.

Siamo rimasti a guardarla in silenzio.

Quella era un'avventura, altro che i maiali di Melichetti.

– E sul cocuzzolo ci mettiamo la nostra bandiera. Cosí se qualcuno ci salirà, capirà che siamo arrivati prima noi, – ho fatto io.

– Che bandiera? Non abbiamo la bandiera, – ha detto Salvatore.

– Ci mettiamo la gallina.

Il Teschio ha afferrato il sacco dove stava il volatile e ha cominciato a farlo girare in aria. – Giusto! Le tiriamo il collo e poi le infiliamo una mazza in culo e la piantiamo per terra. Rimarrà lo scheletro. La porto su io.

Una gallina impalata potevano prenderla per un segno delle streghe.

Ma il Teschio ha tirato fuori l'asso. – Dritti, su per la collina. Niente curve. È vietato stare uno dietro l'altro. È vietato fermarsi. Chi arriva ultimo paga penitenza.

Siamo rimasti senza parole.

Una gara! Perché?

Era chiaro. Per vendicarsi di Barbara. Sarebbe arrivata ultima e avrebbe pagato.

Ho pensato a mia sorella. Ho detto che era troppo piccola per gareggiare e che non era valido, avrebbe perso.

Barbara ha fatto di no con il dito. Aveva capito la sorpresina che le stava preparando il Teschio.

– Che c'entra? Una gara è una gara. È venuta con noi. Sennò ci deve aspettare giú.

Questo non si poteva fare. Non potevo lasciare Maria. La storia dei coccodrilli continuava a

17

ronzarmi in testa. Melichetti era stato gentile, ma
non bisognava fidarsi troppo. Se l'ammazzava, io
poi che raccontavo a mamma?

– Se mia sorella resta, resto anch'io.

Ci si è messa pure Maria. – Non sono piccola!
Voglio fare la gara.

– Tu stai zitta!

Ci ha pensato il Teschio a risolvere. Poteva venire, ma non gareggiava.

Abbiamo buttato le biciclette dietro il fontanile e siamo partiti.

Ecco perché mi trovavo sopra quella collina.

Ho rimesso la scarpa a Maria.

– Ce la fai a camminare?

– No. Mi fa troppo male.

– Aspetta –. Le ho soffiato due volte sulla gamba. Poi ho affondato le mani nella terra rovente.
Ne ho presa un po', ci ho sputato sopra e gliel'ho
spalmata sulla caviglia. – Cosí passa –. Sapevo che
non funzionava. La terra era buona per le puntu-
re di api e l'ortica, non per le storte, ma forse ci
cascava. – Va meglio?

Si è pulita il naso con un braccio. – Un po'.

– Ce la fai a camminare?

– Sí.

L'ho presa per mano. – Allora andiamo, forza,
che siamo ultimi.

Ci siamo avviati verso la cima. Ogni cinque minuti Maria doveva sedersi per far riposare la gamba. Per fortuna si è alzato un po' di vento che ha
migliorato le cose. Frusciava nel grano, facendo un
suono che assomigliava a un respiro. A un tratto mi
è sembrato di scorgere un animale passarci accan-

to. Nero, veloce, silenzioso. Un lupo? Non c'erano lupi dalle nostre parti. Forse una volpe o un cane.

La salita era ripida e non finiva mai. Davanti agli occhi avevo solo grano, ma quando ho cominciato a vedere uno spicchio di cielo ho capito che mancava poco, che la cima era là, e senza neanche rendercene conto, ci stavamo sopra.

Non c'era proprio niente di speciale. Era coperta di grano come tutto il resto. Sotto i piedi avevamo la stessa terra rossa e cotta. Sopra la testa lo stesso sole incandescente.

Ho guardato l'orizzonte. Una foschia lattiginosa velava le cose. Il mare non si vedeva. Si vedevano però le altre colline, piú basse, e la fattoria di Melichetti con i suoi recinti per i maiali e la gravina e si vedeva la strada bianca che tagliava i campi, quella lunga strada che avevamo percorso in bicicletta per arrivare fino a lí. E, piccola piccola, si vedeva la frazione dove abitavamo. Acqua Traverse. Quattro casette e una vecchia villa di campagna disperse nel grano. Lucignano, il paese vicino, era nascosto dalla nebbia.

Mia sorella ha detto: – Voglio guardare pure io. Fammi guardare.

Me la sono messa sulle spalle, anche se non mi reggevo in piedi dalla fatica. Chissà cosa vedeva senza occhiali.

– Dove stanno gli altri?

Dov'erano passati l'ordine delle spighe era sparito, molti steli erano piegati in due e alcuni erano spezzati. Abbiamo seguito le tracce che portavano verso l'altro versante della collina.

Maria mi ha stretto la mano e mi ha conficcato le unghie nella pelle. – Che schifo!

Mi sono voltato.

Lo avevano fatto. Avevano impalato la gallina. Se ne stava in punta a una canna. Le zampe penzoloni, le ali spalancate. Come se prima di rendere l'anima al Creatore si fosse abbandonata ai suoi carnefici. La testa le pendeva da un lato, come un orripilante pendaglio intriso di sangue. Dal becco socchiuso colavano pesanti gocce rosse. E dal petto le usciva la punta della canna. Un nugolo di mosche metallizzate le ronzava intorno e si affollava sugli occhi, sul sangue.

Un brivido mi si è arrampicato sulla schiena.

Siamo andati avanti e dopo aver superato la spina dorsale della collina abbiamo cominciato a scendere.

Dove diavolo erano andati gli altri? Perché erano scesi da quella parte?

Abbiamo fatto un'altra ventina di metri e lo abbiamo scoperto.

La collina non era tonda. Dietro perdeva la sua inappuntabile perfezione. Si allungava in una specie di gobba che degradava torcendosi dolcemente fino a unirsi alla pianura. In mezzo c'era una valle stretta, chiusa, invisibile se non da là sopra o da un aeroplano.

Con la creta sarebbe facilissimo modellare quella collina. Basta fare una palla. Tagliarla in due. Una metà poggiarla sul tavolo. Con l'altra metà fare una salsiccia, una specie di verme ciccione, da appiccicare dietro, lasciando al centro una piccola conca.

La cosa strana era che dentro quella conca nascosta erano cresciuti degli alberi. Al riparo dal vento e dal sole ci stava un boschetto di querce. E una casa abbandonata, con il tetto tutto sfondato, le tegole marroni e i travi scuri, spuntava tra le fronde verdi.

Siamo scesi giú per il viottolo e siamo entrati nella valletta.

Era l'ultima cosa che mi sarei aspettato. Alberi. Ombra. Fresco.

Non si sentivano piú i grilli, ma il cinguettio degli uccelli. C'erano ciclamini viola. E tappeti d'edera verde. E un buon odore. Veniva voglia di trovarsi un posticino accanto a un tronco e farsi un sonno.

Salvatore è apparso all'improvviso, come un fantasma. – Hai visto? Forte!

– Fortissimo! – ho risposto guardandomi in giro. Forse c'era un ruscello dove bere.

– Perché ci hai messo tanto? Pensavo che eri tornato giú.

– No, è che mia sorella aveva male a un piede, cosí… Ho sete. Devo bere.

Salvatore ha tirato fuori dallo zaino una bottiglia. – Ne è rimasta poca –.

Con Maria ce la siamo divisa da bravi fratelli. Bastava appena a inumidirci la bocca.

– Chi ha vinto la gara? – Mi preoccupavo per la penitenza. Ero stanco morto. Speravo che il Teschio, per una volta, me la potesse abbonare o spostare a un altro giorno.

– Il Teschio.

– E tu?

– Secondo. Poi Remo.

– Barbara?

– Ultima. Come al solito.

– La penitenza chi la deve fare?

– Il Teschio dice che la deve fare Barbara. Barbara però dice che la devi fare tu perché sei arrivato ultimo.

– E allora?

– Non lo so, me ne sono andato a fare un giro. Mi hanno rotto queste penitenze.

Ci siamo incamminati verso la casa.

Si reggeva in piedi per scommessa. Sorgeva al centro di uno spiazzo di terra coperto dai rami delle querce. Crepe profonde l'attraversavano dalle fondamenta fino al tetto. Degli infissi erano rimaste solo le tracce. Un fico, tutto annodato, era cresciuto sopra le scale che portavano al balcone. Le radici avevano smantellato i gradini di pietra e fatto crollare il parapetto. Sopra c'era ancora una vecchia porta colorata d'azzurro, marcia fino all'osso e scrostata dal sole. Al centro della costruzione un grande arco si apriva su una stanza con il soffitto a volta. Una stalla. Puntelli arrugginiti e pali di legno sostenevano il solaio che in molti punti era crollato. A terra c'era letame rinsecchito, cenere, mucchi di mattonelle e calcinacci. I muri avevano perso gran parte dell'intonaco e mostravano i sassi poggiati a secco.

Il Teschio era seduto su un cassone dell'acqua. Tirava sassi contro un bidone arrugginito e ci osservava. – Ce l'hai fatta, – e ha aggiunto per precisione: – Questo posto è mio.

– Come è tuo?

– È mio. Io l'ho visto per primo. Le cose sono di chi le trova per primo.

Sono stato spinto in avanti e per poco non finivo faccia a terra. Mi sono voltato.

Barbara, tutta rossa, la maglietta sporca, i capelli arruffati, mi è venuta addosso pronta a fare a botte. – Tocca a te. Tu sei arrivato ultimo. Hai perso!

Ho messo i pugni avanti. – Sono tornato indietro. Sennò arrivavo terzo. Lo sai.

– Che c'entra? Hai perso!

– A chi tocca fare la penitenza? – ho domandato al Teschio. – A me o a lei?

Si è preso tutto il tempo per rispondere, poi ha indicato Barbara.

– Hai visto? Hai visto? – Ho amato il Teschio.

Barbara ha cominciato a dare calci nella polvere. – Non è giusto! Non è giusto! Sempre a me! Perché sempre a me?

Non lo sapevo. Ma sapevo che c'è sempre uno che si becca tutta la sfortuna. In quei giorni era Barbara Mura, la cicciona, era lei l'agnello che toglie i peccati.

Mi dispiaceva, ma ero felice di non essere io al posto suo.

Barbara si aggirava tra noi come un rinoceronte.

– Facciamo la votazione, allora! Non può decidere tutto lui.

A distanza di ventidue anni non ho ancora capito come faceva a sopportarci. Doveva essere per la paura di rimanere da sola.

– Va bene. Facciamo la votazione, – ha concesso il Teschio. – Io dico che tocca a te.

– Pure io, – ho detto.

– Pure io, – ha ripetuto a pappagallo Maria.

Abbiamo guardato Salvatore. Nessuno poteva astenersi, quando c'era la votazione. Era la regola.

– Pure io, – ha fatto Salvatore, quasi sussurrando.

– Visto? Cinque contro uno. Hai perso. Tocca a te, – ha concluso il Teschio.

Barbara ha stretto le labbra e i pugni, ho visto che deglutiva una specie di palla da tennis. Ha abbassato la testa, ma non ha pianto.

L'ho rispettata.

– Che... devo fare? – ha balbettato.

Il Teschio si è massaggiato la gola. La sua mente bastarda si è messa al lavoro.

Ha tentennato un istante. – Ce la devi… far vedere… Ce la devi far vedere a tutti.

Barbara ha barcollato. – Cosa vi devo far vedere?

– L'altra volta ci hai fatto vedere le tette –. E rivolgendosi a noi. – Questa volta ci fa vedere la fessa. La fessa pelosa. Ti abbassi le mutande e ce la fai vedere –. Si è messo a sghignazzare aspettandosi che anche noi avremmo fatto lo stesso, ma non è stato cosí. Siamo rimasti gelati, come se un vento del Polo Nord si fosse improvvisamente infilato nella valle.

Era una penitenza esagerata. Nessuno di noi aveva voglia di vedere la fessa di Barbara. Era una penitenza pure per noi. Lo stomaco mi si è stretto. Desideravo essere lontano. C'era qualcosa di sporco, di… Non lo so. Di brutto, ecco. E mi dava fastidio che ci fosse mia sorella lí.

– Te lo puoi scordare, – ha fatto Barbara scuotendo la testa. – Non m'importa se mi picchi.

Il Teschio si è messo in piedi e le si è avvicinato con le mani in tasca. Tra i denti stringeva una spiga di grano.

Le si è parato davanti. Ha allungato il collo. Non è che poi era tanto piú alto di Barbara. E nemmeno tanto piú forte. Non ci avrei messo una mano sul fuoco che se il Teschio e Barbara facevano a botte, il Teschio aveva la meglio tanto facilmente. Se Barbara lo buttava a terra e gli saltava sopra lo poteva pure soffocare.

– Hai perso. Ora ti abbassi i pantaloni. Cosí impari a fare la stronza.

– No!

Il Teschio le ha dato uno schiaffo.

Barbara ha spalancato la bocca come una trota e si è massaggiata la guancia. Ancora non piangeva. Si è girata verso di noi.

– Non dite niente voi? – ha piagnucolato. – Siete come lui!

Noi zitti:

– Va bene. Ma non mi vedrete mai piú. Lo giuro sulla testa di mia madre.

– Che fai, piangi? – Il Teschio se la godeva da matti.

– No, non piango, – è riuscita a dire trattenendo i singhiozzi.

Aveva dei pantaloni di cotone verdi con le toppe marroni sulle ginocchia, di quelli che si compravano al mercato dell'usato. Le andavano stretti e la ciccia le ricadeva sopra la cinta. Si è aperta la fibbia e ha cominciato a slacciarsi i bottoni.

Ho intravisto le mutande bianche con dei fiorellini gialli. – Aspetta! Io sono arrivato ultimo, – ho sentito che diceva la mia voce.

Tutti si sono girati.

– Sí, – ho inghiottito. – La voglio fare io.

– Cosa? – mi ha chiesto Remo.

– La penitenza.

– No. Tocca a lei, – mi ha fulminato il Teschio. – Tu non c'entri niente. Stai zitto.

– C'entro, invece. Io sono arrivato ultimo. La devo fare io.

– No. Decido io –. Il Teschio mi è venuto incontro.

Mi tremavano le gambe, ma speravo che nessuno se ne accorgesse. – Rifacciamo la votazione.

Salvatore si è messo tra me e il Teschio. – Si può rifare.

Tra noi esistevano delle regole e tra queste c'era che una votazione si poteva rifare.

Ho alzato la mano. – Tocca a me.

Salvatore ha alzato la mano. – Tocca a Michele.

Barbara si è riallacciata la cinta e ha singhiozzato. – Tocca a lui. È giusto.

Il Teschio è stato preso alla sprovvista, ha fissato Remo con gli occhi da pazzo. – E tu?

Remo ha sospirato. – Tocca a Barbara.

– Che devo fare? – ha chiesto Maria.

Le ho fatto segno di sí con la testa.

– Tocca a mio fratello.

E Salvatore ha detto: – Quattro contro due. Ha vinto Michele. Tocca a lui.

Arrivare al piano di sopra della casa non è stato semplice.

La scala non esisteva piú. I gradini erano ridotti a un ammasso di blocchi di pietra. Riuscivo a salire aggrappandomi ai rami del fico. I rovi mi graffiavano le braccia e le gambe. Una spina mi aveva scorticato la guancia destra.

Di camminare sul parapetto, non se ne parlava. Se franava finivo di sotto, in una selva di ortiche e rose selvatiche.

Era la penitenza che mi ero beccato per aver fatto l'eroe.

– Devi salire al primo piano. Entrare. Attraversare tutta la casa e dalla finestra in fondo saltare sull'albero e scendere.

Avevo temuto che il Teschio mi avrebbe costretto a mostrare il pesce o a infilarmi una mazza in culo e invece aveva scelto di farmi fare una cosa pericolosa, dove al massimo mi potevo ferire.

Meglio.

Stringevo i denti e avanzavo senza lamentarmi.

Gli altri stavano seduti sotto una quercia a goder-si lo spettacolo di Michele Amitrano che si scas-sava le corna.

Ogni tanto arrivava un consiglio. – Passa di là. – Devi andare dritto. Lí è pieno di spine. – Man-giati una mora che ti fa bene.

Non li stavo a sentire.

Ero sul terrazzino. C'era uno spazio stretto tra i rovi e il muro. Mi ci sono infilato dentro e sono arrivato alla porta. Era chiusa con una catena ma il lucchetto, mangiato dalla ruggine, era aperto. Ho spinto un battente e con un gemito ferroso la porta si è spalancata.

Un gran frullare di ali. Piume. Uno stormo di piccioni ha preso il volo ed è uscito attraverso un buco nel tetto.

– Com'è? Com'è dentro? – ho sentito che do-mandava il Teschio.

Non mi sono dato pena di rispondergli. Sono entrato, attento a dove mettevo i piedi.

Ero in una stanza grande. Molte tegole erano cadute e un trave penzolava al centro. In un ango-lo c'era un camino, con una cappa a forma di pira-mide annerita dal fumo. In un altro angolo erano ammassati dei mobili. Una vecchia cucina rove-sciata e arrugginita. Bottiglie. Cocci. Tegole. Una rete sfondata. Tutto era coperto di merda di pic-cioni. E c'era un odore forte, un tanfo acre che ti si ficcava in fondo al naso e alla gola. Sopra il pa-vimento di graniglia era cresciuta una selva di pian-te ed erbacce selvatiche. In fondo alla stanza c'era una porta dipinta di rosso, chiusa, che di sicuro da-va sulle altre stanze della casa.

Dovevo passare di lí.

Ho poggiato un piede, sotto le suole le assi scricchiolavano e il pavimento ondeggiava. A quel tempo pesavo sui trentacinque chili. Piú o meno come una tanica d'acqua. Mi sono chiesto se una tanica d'acqua, messa al centro di quella stanza, sfondava il pavimento. Meglio non provarci.

Per arrivare alla porta successiva era piú prudente camminare raso ai muri. Trattenendo il respiro, in punta di piedi come una ballerina, ho seguito il perimetro della camera. Se il pavimento si sfondava finivo nella stalla, dopo un volo di almeno quattro metri. Roba da spaccarsi le ossa.

Ma non è accaduto.

Nella stanza dopo, grande piú o meno come la cucina, il pavimento mancava del tutto. Ai lati era crollato e ora solo una specie di ponte univa la mia porta con quella dall'altra parte. Dei sei travi che reggevano il pavimento erano rimasti sani solo i due al centro. Gli altri erano tronconi mangiati dai tarli.

Non potevo seguire i muri. Mi toccava attraversare quel ponte. I travi che lo sostenevano non dovevano essere in condizioni migliori degli altri.

Mi sono paralizzato sotto lo stipite della porta. Non potevo tornare indietro. Mi avrebbero rotto le scatole fino alla morte. E se mi buttavo di sotto? All'improvviso quei quattro metri che mi dividevano dalla stalla non sembravano piú tanti. Potevo dire agli altri che era impossibile arrivare alla finestra.

In certi momenti il cervello gioca brutti scherzi.

Circa dieci anni dopo mi è successo di andare a sciare sul Gran Sasso. Era il giorno sbagliato, nevicava, faceva un freddo polare, tirava un ventaccio che ghiacciava le orecchie e c'era la nebbia. Avevo diciannove anni e a sciare c'ero stato una volta sola. Ero eccitatissimo e non mi importava niente se tutti dicevano che era pericoloso, io volevo sciare. Sono montato sulla seggiovia, imbacuccato come un eschimese, e sono partito per le piste.

Il vento era cosí forte che il motore dell'impianto si spegneva automaticamente e si riavviava solo quando le raffiche si attenuavano. Faceva dieci metri poi si bloccava per un quarto d'ora poi altri quaranta metri e venti minuti fermo. Cosí, all'infinito. Da impazzire. Per quel poco che riuscivo a vedere la seggiovia era vuota. Piano piano ho smesso di sentire le punte dei piedi, le orecchie, le dita delle mani. Cercavo di spazzarmi la neve di dosso, ma era fatica sprecata, cadeva silenziosa, leggera e incessante. A un certo punto ho cominciato ad assopirmi, a ragionare piú lentamente, mi sono fatto forza e mi sono detto che se mi addormentavo sarei morto. Ho urlato, ho chiesto aiuto. Mi ha risposto il vento. Ho guardato in basso. Ero proprio sopra una pista. Appeso a una decina di metri dalla neve. Ho ripensato alla storia di quell'aviatore che durante la guerra si era buttato dall'aereo in fiamme e non gli si era aperto il paracadute e non era morto, salvato dalla neve soffice. Dieci metri non erano tanti. Se mi buttavo bene, se non mi irrigidivo, non mi facevo niente, il paracadutista non si era fatto niente. Una parte del cervello mi ripeteva ossessiva. «Buttati! Buttati! Buttati!» Ho sollevato la sbarra di sicurezza. E ho cominciato a dondolarmi. Per fortuna in quel momento la seggiovia si è mossa e ho ripreso coscienza. Ho abbassato la sbarra. Era altissimo, come minimo mi spezzavo le gambe.

In quella casa provavo la stessa cosa. Volevo buttarmi di sotto. Poi mi sono ricordato di aver letto su un libro di Salvatore che le lucertole possono salire sui muri perché hanno una perfetta distribuzione del peso. Lo scaricano sulle zampe, sul ventre e sulla coda, gli uomini invece solo sui piedi ed è per questo che affondano nelle sabbie mobili.

Ecco, cosa dovevo fare.

Mi sono inginocchiato, mi sono steso e ho cominciato a strisciare. A ogni movimento che facevo cadevano calcinacci e mattonelle. Leggero, leggero come una lucertola, mi ripetevo. Sentivo le travi tremare. Ci ho messo cinque minuti buoni ma sono arrivato sano e salvo dall'altra parte.

Ho spinto la porta. Era l'ultima. In fondo c'era la finestra che dava sul cortile. Un lungo ramo s'insinuava fino alla casa. Era fatta. Anche qui il pavimento aveva ceduto, ma solo per metà. L'altra resisteva. Ho usato la vecchia tecnica, camminare appiccicato alle pareti. Sotto vedevo una stanza in penombra. C'erano i resti di un fuoco, dei barattoli aperti di pelati e pacchi di pasta vuoti. Qualcuno doveva essere stato lí da non molto tempo.

Sono arrivato alla finestra senza intoppi. Ho guardato giú.

C'era un piccolo cortile recintato da una fascia di rovi e dietro il bosco che premeva. A terra c'erano un lavatoio di cemento crepato, il braccio arrugginito di una gru, mucchi di calcinacci coperti di edera, una bombola del gas e un materasso.

Il ramo su cui dovevo salire era vicino, a meno di un metro. Non abbastanza però, da poterci arrivare senza fare un salto. Era grosso e sinuoso come un anaconda. Si allungava per piú di cinque metri. Mi avrebbe sostenuto. Arrivato in fondo avrei trovato il modo di scendere.

Sono montato in piedi sul davanzale, mi sono fatto il segno della croce e mi sono lanciato a braccia in avanti come un gibbone della foresta amazzonica. Sono finito di pancia sul ramo, ho provato ad abbrancarlo, ma era grande. Ho usato le gambe ma non c'erano appigli. Ho cominciato a scivolare. Cercavo di artigliarmi alla corteccia.

La salvezza era di fronte a me. Un ramo piú piccolo stava lí a qualche decina di centimetri.

Mi sono caricato e con uno scatto di reni l'ho afferrato con tutte e due le mani.

Era secco. Si è spezzato.

Sono atterrato di schiena. Sono rimasto immobile, a occhi chiusi, sicuro di essermi rotto l'osso del collo. Non sentivo dolore. Me ne stavo steso, pietrificato, con il ramo tra le mani, cercando di capire perché non soffrivo. Forse ero diventato un paralitico che anche se gli spegni una sigaretta su un braccio e gli infili una forchetta in una coscia non sente niente.

Ho aperto gli occhi. Sono rimasto a fissare l'immenso ombrello verde della quercia che incombeva su di me. Lo sfavillio del sole tra le foglie. Dovevo cercare di sollevare la testa. L'ho sollevata.

Ho buttato quel ramo cretino. Ho toccato con le mani la terra. E ho scoperto di essere su una cosa soffice. Il materasso.

Mi sono rivisto che precipitavo, che volavo e mi schiantavo senza farmi niente. C'era stato un rumore basso e cupo nel momento esatto in cui ero atterrato. Lo avevo sentito, potevo giurarci.

Ho mosso i piedi e ho scoperto che sotto le foglie, i rametti e la terra c'era un ondulato verde, una tettoia di plastica trasparente. Era stata rico-

perta come per nasconderla. E quel vecchio materasso ci era stato poggiato sopra.

Era stato l'ondulato a salvarmi. Si era piegato
assorbendo la caduta.

Quindi, sotto, doveva essere vuoto.

Poteva esserci un nascondiglio segreto o un cu-
nicolo che portava in una caverna piena d'oro e
pietre preziose.

Mi sono messo carponi e ho spinto in avanti la
lastra.

Pesava, ma, piano piano, l'ho spostata un poco. Si è sprigionato un tanfo terribile di merda.

Ho vacillato, mi sono messo una mano sulla
bocca e ho spinto ancora.

Ero cascato sopra un buco.

Era buio. Ma piú spostavo la lastra e piú rischiarava. Le pareti erano fatte di terra, scavate a
colpi di vanga. Le radici della quercia erano state
tagliate.

Sono riuscito a spingerla ancora un po'. Il buco era largo un paio di metri e profondo due metri, due metri e mezzo.

Era vuoto.

No, c'era qualcosa.

Un mucchio di stracci appallottolati?

No...

Un animale? Un cane? No...

Cos'era?

Era senza peli...

bianco...

una gamba...

Una gamba!

Ho fatto un salto indietro e per poco non sono
inciampato.

Una gamba?

Ho preso fiato e mi sono affacciato un istante.

Era una gamba.

Ho sentito le orecchie bollenti, la testa e le braccia che mi pesavano.

Stavo per svenire.

Mi sono seduto, ho chiuso gli occhi, ho poggiato la fronte su una mano, ho respirato. Avevo la tentazione di scappare, di correre dagli altri. Ma non potevo. Dovevo prima guardare un'altra volta.

Mi sono avvicinato e ho sporto la testa.

Era la gamba di un bambino. E un gomito spuntava dagli stracci.

In fondo a quel buco c'era un bambino.

Era steso su un fianco. Aveva la testa nascosta tra le gambe.

Non si muoveva.

Era morto.

Sono rimasto a guardarlo per non so quanto tempo. C'era anche un secchio. E un pentolino.

Forse dormiva.

Ho preso un sasso piccolo e gliel'ho tirato. L'ho colpito sulla coscia. Non si è mosso. Era morto. Mortissimo. Un brivido mi ha morso la nuca. Ho preso un altro sasso e l'ho colpito sul collo. Ho avuto l'impressione che si muovesse. Un leggero movimento del braccio.

– Dove stai? Dove stai? Dove sei finito, recchione?

Gli altri! Il Teschio mi stava chiamando.

Ho afferrato la lastra e l'ho tirata fino a tappare il buco. Poi ho sparpagliato le foglie e la terra e ci ho rimesso su il materasso.

– Dove stai, Michele?

Sono andato via, ma prima mi sono girato un paio di volte a controllare che ogni cosa fosse al suo posto.

Pedalavo sulla Scassona.

Il sole alle mie spalle era una palla rossa e immensa, e quando finalmente è finito nel grano, è scomparso lasciandosi dietro una cosa arancione e viola.

Mi avevano chiesto com'era andata nella casa, se era stato pericoloso, se ero caduto, se ci stavano cose strane, se saltare sull'albero era stato difficile. Avevo risposto a monosillabi.

Alla fine, annoiati, avevamo preso la via del ritorno. Un sentiero partiva dalla valle, attraversava i campi ocra e raggiungeva la strada. Avevamo recuperato le biciclette e pedalavamo in silenzio. Sciami di moscerini ci ronzavano intorno.

Guardavo Maria che mi seguiva sulla sua Graziella con le ruote mangiate dalle pietre, il Teschio, davanti a tutti, con accanto il suo scudiero Remo, Salvatore che avanzava zigzagando, Barbara sulla sua Bianchi troppo grande, e pensavo al bambino nel buco.

Non avrei detto niente a nessuno.

– Le cose sono di chi le trova per primo, – aveva deciso il Teschio.

Se era cosí, il bambino in fondo al buco era mio.

Se lo dicevo, il Teschio, come sempre, si prendeva tutto il merito della scoperta. Avrebbe raccontato a tutti che lo aveva trovato lui perché era stato lui a decidere di salire sopra la collina.

Questa volta no. Io avevo fatto la penitenza, io ero caduto dall'albero e io l'avevo trovato.

Non era del Teschio. E neanche di Barbara. Non era di Salvatore. Era mio. Era la mia scoperta segreta.

Non sapevo se avevo trovato un morto o un vivo. Forse il braccio non si era mosso. Me l'ero immaginato. O forse erano le contrazioni di un cadavere. Come quelle delle vespe, che anche se le dividi in due con le forbici continuano a camminare, o come i polli, che anche senza testa sbattono le ali. Ma che ci faceva là dentro?

– Che diciamo a mamma?

Non mi ero accorto che mia sorella mi pedalava accanto. – Cosa?

– Che diciamo a mamma?

– Non lo so.

– Glielo dici tu degli occhiali?

– Sí, ma non le devi dire niente di dove siamo andati. Se lo scopre dirà che gli occhiali li hai rotti perché siamo saliti lassú.

– Va bene.

– Giuramelo.

– Te lo giuro –. Si è baciata gli indici.

Oggi Acqua Traverse è una frazione di Lucignano. A metà degli anni Ottanta un geometra ha costruito due lunghe schiere di villette di cemento armato. Dei cubi con le finestre circolari, le ringhiere azzurre e i tondini d'acciaio che spuntano dal tetto. Poi sono arrivati una Coop e un bar tabacchi. E una strada asfaltata a due corsie che corre dritta come una pista d'atterraggio fino a Lucignano.

Nel 1978 Acqua Traverse invece era cosí piccola che non era niente. Un borgo di campagna, lo chiamerebbero oggi su una rivista di viaggi.

Nessuno sapeva perché quel posto si chiamava cosí, neanche il vecchio Tronca. Acqua non ce n'era, se non quella che portavano con l'autocisterna ogni due settimane.

C'era la villa di Salvatore, che chiamavamo il Palazzo. Un casone costruito nell'Ottocento, lungo e grigio e con un grande portico di pietra e un cortile interno con una palma. E c'erano altre quattro case. Non per modo di dire. Quattro case in tutto. Quattro misere case di pietra e malta con il tetto di tegole e le finestre piccole. La nostra. Quella della famiglia del Teschio. Quella della famiglia di Remo che la divideva col vecchio Tronca. Tronca era sordo e gli era morta la moglie, e viveva in due stanze che davano sull'orto. E c'era la casa di Pietro Mura, il padre di Barbara. Angela, la moglie, di sotto aveva lo spaccio dove potevi comprare il pane, la pasta e il sapone. E potevi telefonare.

Due case da una parte, due dall'altra. E una strada, sterrata e piena di buche, al centro. Non c'era una piazza. Non c'erano vicoli. C'erano però due panchine sotto una pergola di uva fragola e una fontanella che aveva il rubinetto con la chiave per non sprecare acqua. Tutto intorno i campi di grano.

L'unica cosa che si era guadagnata quel posto dimenticato da Dio e dagli uomini era un bel cartello blu con scritto in maiuscolo ACQUA TRAVERSE.

– È arrivato papà! – ha gridato mia sorella. Ha buttato la bicicletta ed è corsa su per le scale.

Davanti a casa nostra c'era il suo camion, un Lupetto Fiat con il telone verde.

A quel tempo papà faceva il camionista e stava fuori per molte settimane. Prendeva la merce e la portava al Nord.

Aveva promesso che una volta mi ci avrebbe portato pure a me al Nord. Non riuscivo tanto bene a immaginarmi questo Nord. Sapevo che il Nord era ricco e che il Sud era povero. E noi eravamo poveri. Mamma diceva che se papà continuava a lavorare cosí tanto, presto non saremmo stati piú poveri, saremmo stati benestanti. E quindi non dovevamo lamentarci se papà non c'era. Lo faceva per noi.

Sono entrato in casa con il fiatone.

Papà era seduto al tavolo in mutande e canottiera. Aveva davanti una bottiglia di vino rosso e tra le labbra una sigaretta con il bocchino e mia sorella appollaiata su una coscia.

Mamma, di spalle, cucinava. C'era odore di cipolle e salsa di pomodoro. Il televisore, uno scatolone Grundig in bianco e nero che aveva portato papà qualche mese prima, era acceso. Il ventilatore ronzava.

– Michele, dove siete stati tutto il giorno? Vostra madre stava impazzendo. Non pensate a questa povera donna che deve già aspettare il marito e non può aspettare pure voi? Che è successo agli occhiali di tua sorella?

Non era arrabbiato veramente. Quando si arrabbiava veramente gli occhi gli uscivano fuori come ai rospi. Era felice di essere a casa.

Mia sorella mi ha guardato.

– Abbiamo costruito una capanna al torrente, – ho tirato fuori dalla tasca gli occhiali. – E si sono rotti.

Ha sputato una nuvola di fumo. – Vieni qua. Fammeli vedere.

Papà era un uomo piccolo, magro e nervoso. Quando si sedeva alla guida del camion quasi scompariva dietro il volante. Aveva i capelli neri, tirati con la brillantina. La barba ruvida e bianca sul mento. Odorava di Nazionali e acqua di colonia.

Glieli ho dati.

– Sono da buttare –. Li ha poggiati sul tavolo e ha detto: – Niente piú occhiali.

Io e mia sorella ci siamo guardati.

– E come faccio? – ha chiesto Maria preoccupata.

– Stai senza. Cosí impari.

Mia sorella è rimasta senza parole.

– Non può. Non ci vede, – sono intervenuto io.

– E chi se ne importa.

– Ma…

– Macché ma –. E ha detto a mamma: – Teresa, dammi quel pacchetto che sta sulla credenza.

Mamma gliel'ha portato. Papà lo ha scartato e ha tirato fuori un astuccio blu, duro e vellutato.

– Tieni.

Maria lo ha aperto e dentro c'era un paio di occhiali con la montatura di plastica marrone.

– Provali.

Maria se li è infilati, ma continuava a carezzare l'astuccio.

Mamma le ha domandato: – Ti piacciono?

– Sí. Molto. La scatola è bellissima, – ed è andata a guardarsi allo specchio.

Papà si è versato un altro bicchiere di vino.

– Se rompi pure questi, la prossima volta ti lascio senza, capito? – Poi mi ha preso per un braccio. – Fammi sentire il muscolo.

Ho piegato il braccio e l'ho irrigidito.

Mi ha stretto il bicipite. – Non mi sembra che sei migliorato. Le fai le flessioni?

– Sí.

Odiavo fare le flessioni. Papà voleva che le facevo perché diceva che ero rachitico.

– Non è vero, – ha detto Maria, – non le fa.

– Ogni tanto le faccio. Quasi sempre.

– Mettiti qua –. Mi sono seduto anch'io sulle sue ginocchia e ho provato a baciarlo. – Non mi baciare, che sei tutto sporco. Se vuoi baciare tuo padre, prima devi lavarti. Teresa, che facciamo, li mandiamo a letto senza cena?

Papà aveva un bel sorriso, i denti bianchi, perfetti. Né io né mia sorella li abbiamo ereditati.

Mamma ha risposto senza neanche voltarsi.

– Sarebbe giusto! Io con questi due non ce la faccio piú –. Lei sí che era arrabbiata.

– Facciamo cosí. Se vogliono cenare e avere il regalo che ho portato, Michele mi deve battere a braccio di ferro. Sennò a letto senza cena.

Ci aveva portato un regalo!

– Tu scherza, scherza… – Mamma era troppo contenta che papà era di nuovo a casa. Quando papà partiva, le faceva male lo stomaco e piú passava il tempo e meno parlava. Dopo un mese si ammutoliva del tutto.

– Michele non ti può battere. Non vale, – ha detto Maria.

– Michele, mostra a tua sorella che sai fare. E tieni larghe quelle gambe. Se stai tutto storto perdi subito e niente regalo.

Mi sono messo in posizione. Ho stretto i denti e la mano di papà e ho cominciato a spingere. Niente. Non si muoveva.

– Dài! Che c'hai la ricotta al posto dei muscoli? Sei piú debole di un moscerino! Tirala fuori questa forza, Cristo di Dio!

Ho mormorato: – Non ce la faccio.

Era come piegare una sbarra di ferro.

– Sei una femmina, Michele. Maria, aiutalo, dài!

Mia sorella è montata sul tavolo e in due, stringendo i denti e respirando dal naso, siamo riusciti a fargli abbassare il braccio.

– Il regalo! Dacci il regalo! – Maria è saltata giú dal tavolo.

Papà ha preso una scatola di cartone, piena di fogli di giornale appallottolati. Dentro c'era il regalo.

– Una barca! – ho detto.

– Non è una barca, è una gondola, – mi ha spiegato papà.

– Che è una gondola?

– Le gondole sono le barche veneziane. E si adopera un remo solo.

– Che sono i remi? – ha domandato mia sorella.

– Dei bastoni per muovere la barca.

Era molto bella. Tutta di plastica nera. Con i pezzettini argentati e in fondo un pupazzetto con una maglietta a righe bianche e rosse e il cappello di paglia.

Ma abbiamo scoperto che non la potevamo prendere. Era fatta per essere messa sul televisore. E tra il televisore e la gondola ci doveva stare un centrino di pizzo bianco. Come un laghetto. Non era un giocattolo. Era una cosa preziosa. Un soprammobile.

– A chi tocca prendere l'acqua? Tra poco si mangia, – ci ha domandato mamma.

Papà era davanti alla televisione a guardare le notizie.

Stavo apparecchiando la tavola. – Tocca a Maria. Ieri ci sono andato io.

Maria era seduta sulla poltrona con le sue bambole. – Non ho voglia, vai tu.

A nessuno dei due piaceva andare alla fontana e quindi si faceva a turno, un giorno per uno. Ma era tornato papà e per mia sorella significava che le regole non valevano piú.

Ho fatto no con il dito. – Tocca a te.

Maria ha incrociato le braccia. – Io non ci vado.

– Perché?

– Mi fa male la testa.

Ogni volta che non le andava di fare una cosa diceva che le faceva male la testa. Era la sua scusa preferita.

– Non è vero, non ti fa male, bugiarda.

– È vero! – E si è cominciata a massaggiare la fronte con un'espressione di dolore sulla faccia.

Mi veniva voglia di strangolarla. – Tocca a lei! Deve andare lei!

Mamma, stufata, mi ha messo in mano la brocca. – Vai tu, Michele, che sei piú grande. Non fare tante discussioni, – lo ha detto come se fosse una cosa da niente, senza importanza.

Un sorriso di trionfo si è allargato sulle labbra di mia sorella. – Hai visto?

– Non è giusto. Ieri ci sono andato io. Non ci vado.

Mamma mi ha detto con quel tono aspro che le veniva un attimo prima di infuriarsi: – Ubbidisci, Michele.

– No –. Sono andato da papà a lamentarmi. – Papà, non tocca a me. Ieri ci sono andato io.

Ha tolto lo sguardo dalla televisione e mi ha guardato come se fosse la prima volta che mi vedeva, si è massaggiato la bocca e ha detto: – Lo conosci il tocco del soldato?

– No. Cos'è?

– Lo sai come facevano i soldati durante la guerra per decidere chi andava a fare le missioni mortali? – Ha tirato fuori dalla tasca una scatola di fiammiferi e me l'ha mostrata.

– No, non lo so.

– Si prendono tre fiammiferi, – li ha tirati fuori dalla scatola, – uno per te, uno per me e uno per Maria. A uno si toglie la capocchia –. Ne ha preso uno e lo ha spezzato, poi li ha stretti tutti e tre nel pugno e ha fatto sporgere fuori i bastoncini. – Chi prende quello senza testa va a prendere l'acqua. Scegline uno, forza.

Ne ho tirato fuori uno sano. Ho fatto un salto di gioia.

– Maria, tocca a te. Vieni.

Mia sorella ne ha preso anche lei uno sano e ha battuto le mani.

– Mi sa che tocca a me, – papà ha tirato fuori quello spezzato.

Io e Maria abbiamo cominciato a ridere e a urlare. – Tocca a te! Tocca a te! Hai perso! Hai perso! Vai a prendere l'acqua!

Papà si è alzato un po' avvilito. – Quando torno vi dovete essere lavati. Chiaro?

– Vuoi che ci vado io? Tu sei stanco, – ha detto mamma.

– Non puoi. È una missione mortale. E devo prendere le sigarette nel camion –. È uscito di casa con la brocca in mano.

Ci siamo lavati, abbiamo mangiato pasta al pomodoro e frittata e dopo aver baciato papà e mamma ce ne siamo andati a letto senza neanche insistere per vedere la televisione.

Mi sono svegliato durante la notte. Per un brutto sogno.

Gesú diceva alzati e cammina a Lazzaro. Ma Lazzaro non si alzava. Alzati e cammina, ripeteva Gesú. Lazzaro non ne voleva proprio sapere di resuscitare. Gesú, che assomigliava a Severino, quello che guidava l'autocisterna dell'acqua, si arrabbiava. Era una figuraccia. Quando Gesú ti dice alzati e cammina, tu lo devi fare, soprattutto se sei morto. Invece Lazzaro se ne stava steso, rinsecchito. Allora Gesú incominciava a scuoterlo come una bambola e Lazzaro alla fine si alzava e gli azzannava la gola. Lascia stare i morti, diceva con le labbra imbrattate di sangue.

Ho sbarrato gli occhi tutto sudato.

Quelle notti faceva cosí caldo, che se, per disgrazia, ti svegliavi, era difficile riaddormentarti. La stanza mia e di mia sorella era stretta e lunga. Era ricavata da un corridoio. I due letti erano messi per lungo, uno dopo l'altro, sotto la finestra. Da un lato c'era il muro, dall'altro una trentina di centimetri per muoverci. Per il resto la stanza era bianca e spoglia.

D'inverno ci faceva freddo e d'estate non ci si respirava.

Il calore accumulato di giorno dai muri e dal soffitto veniva buttato fuori durante la notte. Avevi la sensazione che il cuscino e il materasso di lana fossero appena usciti da un forno.

Dietro i miei piedi vedevo la testa scura di Maria. Dormiva con gli occhiali, a pancia all'aria, completamente abbandonata, le braccia e le gambe larghe.

Diceva che se si svegliava senza gli occhiali le veniva paura. Di solito mamma glieli toglieva appena si addormentava, perché le rimanevano i segni in faccia.

Lo zampirone sul davanzale produceva un fumo denso e tossico che stecchiva le zanzare e neanche a noi faceva tanto bene. Ma allora nessuno si preoccupava di questo genere di cose.

Attaccata alla nostra stanza c'era la camera dei nostri genitori. Sentivo papà russare. Il ventilatore che soffiava. L'ansimare di mia sorella. Il richiamo monotono di una civetta. Il ronzio del frigorifero. La puzza di fogna che usciva dal gabinetto.

Mi sono messo in ginocchio sul letto e mi sono appoggiato alla finestra per prendere un po' d'aria.

C'era la luna piena. Era alta e luminosa. Si vedeva lontano, come fosse giorno. I campi sembravano fosforescenti. L'aria ferma. Le case buie, silenziose.

Forse ero l'unico sveglio in tutta Acqua Traverse. Mi è sembrata una bella cosa.

Il bambino era nel buco.

Me lo immaginavo morto nella terra. Scarafaggi, cimici e millepiedi che gli camminavano addosso, sulla pelle esangue, e vermi che gli uscivano dalle labbra livide. Gli occhi sembravano due uova sode.

Io un morto non lo avevo mai visto. Solo mia nonna Giovanna. Sul suo letto, con le braccia incrociate, il vestito nero e le scarpe. La faccia sembrava di gomma. Gialla come cera. Papà mi aveva detto che dovevo baciarla. Tutti piangevano. Papà mi spingeva. Le avevo posato la bocca sulla guancia fredda. Aveva un odore dolciastro e disgustoso che si mischiava con l'odore dei ceri. Dopo mi ero lavato la bocca con il sapone.

E se invece il bambino era vivo?

Se voleva uscire e graffiava con le dita le pareti del buco e chiedeva aiuto? Se lo aveva preso un orco?

Mi sono affacciato fuori e in fondo alla pianura ho visto la collina. Sembrava apparsa dal nulla e si stagliava, come un'isola uscita dal mare, altissima e nera, con il suo segreto che mi aspettava.

– Michele, ho sete… – Maria si è svegliata. – Mi dài un bicchiere d'acqua? – Parlava a occhi chiusi e si passava la lingua sulle labbra secche.

– Aspetta… – Mi sono alzato.

Non volevo aprire la porta. Se mia nonna Giovanna era seduta a tavola insieme al bambino? E mi diceva, vieni, siediti qui con noi, che mangiamo? E sul piatto c'era la gallina impalata?

Non c'era nessuno. Un raggio di luna cadeva sul vecchio divano a fiori, sulla credenza con i piatti bianchi, sul pavimento di graniglia bianca e nera e faceva capolino nella camera di papà e mamma, arrampicandosi sul letto. Ho visto i piedi, intrecciati. Ho aperto il frigorifero e ho tirato fuori la brocca con l'acqua fredda. Mi ci sono attaccato, poi ho riempito un bicchiere per mia sorella che se lo è bevuto in un sorso. – Grazie.

– Ora dormi.

– Perché hai fatto la penitenza al posto di Barbara?

– Non lo so…

– Non ti andava che si abbassava le mutande?

– No.

– E se lo dovevo fare io?

– Cosa?

– Abbassarmi le mutande. Lo facevi pure per me?

– Sí.

– Buona notte, allora. Mi tolgo gli occhiali, – li ha chiusi nell'astuccio e si è stretta al cuscino.

– Buona notte.

Sono rimasto a lungo con gli occhi puntati sul soffitto prima di riaddormentarmi.

Papà non ripartiva.

Era tornato per restare. Aveva detto a mamma che non voleva vedere l'autostrada per un po' e si sarebbe occupato di noi.

Forse, prima o poi, ci portava a mare a fare il bagno.

2

Quando mi sono svegliato mamma e papà dormivano ancora. Ho buttato giú il latte e il pane con la marmellata, sono uscito e ho preso la bicicletta.

– Dove vai?

Maria era sulle scale di casa, in mutande, e mi guardava.

– A fare un giro.

– Dove?

– Non lo so.

– Voglio venire con te.

– No.

– Io lo so dove vai... Vai sulla montagna.

– No. Non ci vado. Se papà o mamma ti chiedono qualcosa digli che sono andato a fare un giro e che torno subito.

Un altro giorno di fuoco.

Alle otto della mattina il sole era ancora basso, ma già cominciava ad arrostire la pianura. Percorrevo la strada che avevamo fatto il pomeriggio prima e non pensavo a niente, pedalavo nella polvere e negli insetti e cercavo di arrivare presto. Ho preso la via dei campi, quella che costeggiava la collina e raggiungeva la valle. Ogni tanto dal grano si sollevavano le gazze con le loro code bianche e nere. Si inseguivano, si litigavano, si insultavano con quei versacci striduli. Un falco volteggiava immobile, spinto dalle correnti calde. E ho visto pure una lepre rossa, con le orecchie lunghe, sfrecciarmi davanti. Avanzavo a fatica, spingendo sui pedali, le ruote slittavano sui sassi e le zolle aride. Piú mi avvicinavo alla casa, piú la collina gialla cresceva di fronte a me, piú un peso mi schiacciava il petto, togliendomi il respiro.

E se arrivavo su e c'erano le streghe o un orco?

Sapevo che le streghe si riunivano la notte nelle case abbandonate e facevano le feste e se partecipavi diventavi pazzo e gli orchi si mangiavano i bambini.

Dovevo stare attento. Se un orco mi prendeva, buttava anche me in un buco e mi mangiava a pezzi. Prima un braccio, poi una gamba e cosí via. E nessuno sapeva piú niente. I miei genitori avrebbero pianto disperati. E tutti a dire: «Michele era tanto buono, come ci dispiace». Sarebbero venuti gli zii e mia cugina Evelina, con la Giulietta blu. Il Teschio non si sarebbe messo a piangere, figuriamoci, e neanche Barbara. Mia sorella e Salvatore, sí.

Non volevo morire. Anche se mi sarebbe piaciuto andare al mio funerale.

Non ci dovevo andare lassú. Ma che mi ero impazzito?

Ho girato la bicicletta e mi sono avviato verso casa. Dopo un centinaio di metri ho frenato.

Cos'avrebbe fatto Tiger Jack al mio posto?

Non tornava indietro neanche se glielo ordinava Manitú in persona.

Tiger Jack.

Quella era una persona seria. Tiger Jack, l'amico indiano di Tex Willer.

E Tiger Jack su quella collina ci saliva pure se c'era il convegno internazionale di tutte le streghe, i banditi e gli orchi del pianeta perché era un indiano navajo, ed era intrepido e invisibile e silenzioso come un puma e sapeva arrampicarsi e sapeva aspettare e poi colpire con il pugnale i nemici.

Io sono Tiger, anche meglio, io sono il figlio italiano di Tiger, mi sono detto.

Peccato che non avevo un pugnale, un arco o un fucile Winchester.

Ho nascosto la bicicletta, come avrebbe fatto Tiger con il suo cavallo, mi sono infilato nel grano e sono avanzato a quattro zampe, fino a quando non ho sentito le gambe dure come pezzi di legno e le braccia indolenzite. Allora ho cominciato a zompettare come un fagiano, guardandomi a destra e a sinistra.

Quando sono arrivato nella valle, sono rimasto qualche minuto a riprendere aria, spalmato contro un tronco. E sono passato da un albero all'altro, come un'ombra sioux. Con le orecchie drizzate a qualsiasi voce o rumore sospetto. Ma sentivo solo il sangue che pulsava nei timpani.

Acquattato dietro un cespuglio ho spiato la casa.

Era silenziosa e tranquilla. Niente sembrava cambiato. Se erano passate le streghe avevano rimesso tutto a posto.

Mi sono infilato tra i rovi e mi sono ritrovato nel cortile.

Nascosto sotto la lastra e il materasso ci stava il buco.

Non me l'ero sognato.

Non riuscivo a vederlo bene. Era buio e pieno di mosche e saliva una puzza nauseante.

Mi sono inginocchiato sul bordo.

– Sei vivo?

Nulla.

– Sei vivo? Mi senti?

Ho aspettato, poi ho preso un sasso e gliel'ho tirato. L'ho colpito su un piede. Su un piede magro e sottile e con le dita nere. Su un piede che non si è mosso di un millimetro.

Era morto. E da lí si sarebbe sollevato solo se Gesú in persona glielo ordinava.

Mi è venuta la pelle d'oca.

I cani e i gatti morti non mi avevano mai fatto tanta impressione. Il pelo nasconde la morte. Quel cadavere invece, cosí bianco, con un braccio buttato da una parte, la testa contro la parete, faceva ribrezzo. Non c'era sangue, niente. Solo un corpo senza vita in un buco sperduto.

Non aveva piú niente di umano.

Dovevo vedergli la faccia. La faccia è la cosa piú importante. Dalla faccia si capisce tutto.

Ma scendere lí dentro mi faceva paura. Potevo girarlo con una mazza. Ci voleva una mazza bella lunga. Sono entrato nella stalla e lí ho trovato un palo, ma era corto. Sono tornato indietro. Sul cortile si affacciava una porticina chiusa a chiave. Ho provato a spingerla, ma anche se era malmessa, resisteva. Sopra la porta c'era una finestrella. Mi sono arrampicato puntellandomi sugli stipiti e, di testa, mi sono infilato dentro. Bastavano un paio di chili in piú, o il culo di Barbara, e non ci sarei passato.

Mi sono ritrovato nella stanza che avevo visto mentre attraversavo il ponte. C'erano i pacchi di pasta. I barattoli di pelati aperti. Bottiglie di birra vuote. I resti di un fuoco. Dei giornali. Un materasso. Un bidone pieno d'acqua. Un cestino. Ho avuto la sensazione del giorno prima, che lí ci veniva qualcuno. Quella stanza non era abbandonata come il resto della casa.

Sotto una coperta grigia c'era uno scatolone. Dentro ho trovato una corda che finiva con un uncino di ferro.

Con questa posso andare giú, ho pensato.

L'ho presa e l'ho buttata dalla finestrella e sono uscito.

Per terra c'era il braccio arrugginito di una gru. Ci ho legato intorno la corda. Ma avevo paura che si scioglieva e io rimanevo nel buco insieme al morto. Ho fatto tre nodi, come quelli che faceva papà al telone del camion. Ho tirato con tutta la forza, resisteva. Allora l'ho gettata nel buco.

– Io non ho paura di niente, – ho sussurrato per farmi coraggio, ma le gambe mi cedevano e una voce nel cervello mi urlava di non andare.

I morti non fanno niente, mi sono detto, mi sono fatto il segno della croce e sono sceso.

Dentro faceva piú freddo.

La pelle del morto era sudicia, incrostata di fango e merda. Era nudo. Alto come me, ma piú magro. Era pelle e ossa. Le costole gli sporgevano. Doveva avere piú o meno la mia età.

Gli ho toccato la mano con la punta del piede, ma è rimasta senza vita. Ho sollevato la coperta che gli copriva le gambe. Intorno alla caviglia destra aveva una grossa catena chiusa con un lucchetto. La pelle era scorticata e rosa. Un liquido trasparente e denso trasudava dalla carne e colava sulle maglie arrugginite della catena attaccata a un anello interrato.

Volevo vedergli la faccia. Ma non volevo toccargli la testa. Mi faceva impressione.

Alla fine, tentennando, ho allungato un braccio e ho afferrato con due dita un lembo della coperta e stavo cercando di levargliela dal viso quando il morto ha piegato la gamba.

Ho stretto i pugni e ho spalancato la bocca e il terrore mi ha afferrato le palle con una mano gelata.

Poi il morto ha sollevato il busto come fosse vivo e a occhi chiusi ha allungato le braccia verso di me.

I capelli mi si sono rizzati in testa, ho cacciato un urlo, ho fatto un salto indietro e sono inciampato nel secchio e la merda si è versata ovunque. Sono finito schiena a terra urlando.

Anche il morto ha cominciato a urlare.

Mi sono dimenato nella merda. Poi finalmente con uno scatto disperato ho preso la corda e sono schizzato fuori da quel buco come una pulce impazzita.

Pedalavo, mi infilavo tra buche e cunette rischiando di spezzarmi la schiena, ma non frenavo. Il cuore mi esplodeva, i polmoni mi bruciavano. Ho preso un dosso e mi sono ritrovato in aria. Sono atterrato male, ho strusciato un piede a terra e ho tirato i freni, ma è stato peggio, la ruota davanti si è inchiodata e sono scivolato nel fosso a lato della strada. Mi sono rimesso in piedi con le gambe che mi tremavano e mi sono guardato. Un ginoc-

chio era sbucciato a sangue, la maglietta era tutta
sporca di merda, una striscia di cuoio del sandalo
si era spezzata.

Respira, mi sono detto.

Respiravo e sentivo il cuore placarsi, il fiato tornare normale e improvvisamente mi è venuto sonno. Mi sono sdraiato. Ho chiuso gli occhi. Sotto le
palpebre era tutto rosso. La paura c'era ancora, ma
era appena un bruciore in fondo allo stomaco. Il sole mi scaldava le braccia gelate. I grilli mi strillavano nelle orecchie. Il ginocchio mi pulsava.

Quando ho riaperto gli occhi delle grosse formiche nere mi camminavano addosso.

Quanto avevo dormito? Potevano essere cinque minuti come due ore.

Sono salito sulla Scassona e ho ripreso la strada
di casa. Mentre pedalavo continuavo a vedere il
bambino morto che si sollevava e stendeva le mani verso di me. Quella faccia scavata, quegli occhi
chiusi, quella bocca spalancata continuavano a balenarmi davanti.

Ora mi appariva come un sogno. Un incubo che
non aveva piú forza.

Era vivo. Aveva fatto finta di essere morto.
Perché?

Forse era malato. Forse era un mostro.

Un lupo mannaro.

Di notte diventava un lupo. Lo tenevano incatenato lí perché era pericoloso. Avevo visto alla televisione un film di un uomo che nelle notti di luna piena si trasformava in lupo e assaliva la gente.
I contadini preparavano una trappola e il lupo ci
finiva dentro e un cacciatore gli sparava e il lupo
moriva e tornava uomo. Era il farmacista. E il cacciatore era il figlio del farmacista.

Quel bambino lo tenevano incatenato sotto una lastra coperta di terra per non esporlo ai raggi della luna.

I lupi mannari non si possono curare. Per ucciderli bisogna avere una pallottola d'argento.

Ma i lupi mannari non esistevano.

«Piantala con questi mostri, Michele. I mostri non esistono. I fantasmi, i lupi mannari, le streghe sono fesserie inventate per mettere paura ai creduloni come te. Devi avere paura degli uomini, non dei mostri», mi aveva detto papà un giorno che gli avevo chiesto se i mostri potevano respirare sott'acqua.

Ma se lo avevano nascosto lí ci doveva essere una ragione.

Papà mi avrebbe spiegato tutto.

– Papà! Papà… – Ho spinto la porta e mi sono precipitato dentro. – Papà! Ti devo dire… – Il resto mi si è spento tra le labbra.

Stava sulla poltrona, il giornale tra le mani e mi guardava con gli occhi da rospo. I peggiori occhi da rospo che mi era capitato di vedere dal giorno in cui mi ero bevuto l'acqua di Lourdes pensando che era l'acqua con le bollicine. Ha schiacciato la cicca nella tazzina del caffè.

Mamma era seduta sul divano a cucire, ha alzato la testa e l'ha riabbassata.

Papà ha preso aria con il naso e ha detto: – Dove sei stato tutto il giorno? – Mi ha squadrato da capo a piedi. – Ma ti sei visto? Dove cazzo ti sei rotolato? – Ha fatto una smorfia. – Nella merda? Puzzi come un maiale! Hai rotto pure i sandali! – Ha guardato l'orologio. – Lo sai che ore sono?

Sono rimasto in silenzio.

– Te lo dico io. Le tre e venti. A pranzo non ti sei fatto vedere. Nessuno sapeva dove stavi. Ti sono andato a cercare fino a Lucignano. Ieri l'hai passata liscia, oggi no.

Quando era cosí infuriato papà non urlava, parlava a bassa voce. Questo mi terrorizzava. Ancora oggi non sopporto le persone che non sfogano la loro rabbia.

Mi ha indicato la porta. – Se vuoi fare quello che ti pare è meglio che te ne vai. Io non ti voglio. Vattene.

– Aspetta, ti devo dire una cosa.

– Tu non mi devi dire niente, devi uscire da quella porta.

Ho implorato. – Papà, è una cosa importante…

– Se non te ne vai entro tre secondi, mi alzo da questa poltrona e ti prendo a calci fino al cartello di Acqua Traverse –. E improvvisamente ha alzato il tono. – Vattene via!

Ho fatto di sí con la testa. Mi veniva da piangere. Gli occhi mi si sono riempiti di lacrime, ho aperto la porta e ho sceso le scale. Sono rimontato sulla Scassona e ho pedalato fino al torrente.

Il torrente era sempre secco, tranne d'inverno, quando pioveva forte. Si snodava tra i campi gialli come una lunga biscia albina. Un letto di sassi bianchi e appuntiti, di rocce incandescenti e ciuffi d'erba. Dopo un pezzo scosceso tra due colline, il torrente si allargava formando uno stagno che d'estate si asciugava fino a diventare una pozzanghera nera.

Il lago, lo chiamavamo.

Dentro non c'erano pesci, né girini, solo larve di zanzara e insetti pattinatori. Se ci infilavi i piedi, li tiravi fuori coperti da un fango scuro e puzzolente.

Andavamo lí per il carrubo.

Era grande, vecchio e facile da salire. Sognavamo di costruirci sopra una casa. Con la porta, il tetto, la scala di corda e tutto il resto. Ma non eravamo mai riusciti a trovare le assi, i chiodi, il genio. Una volta il Teschio ci aveva incastrato una rete di letto. Ma ci si stava scomodissimi. Ti graffiava. Ti strappava i vestiti. E se ti muovevi troppo finivi pure di sotto.

Da qualche tempo però nessuno ci saliva sul carrubo. A me invece continuava a piacermi. Ci stavo bene lassú all'ombra, nascosto tra le foglie. Si vedeva lontano, era come essere in cima al pennone di una nave. Acqua Traverse era una macchiolina, un punto sperduto nel grano. E potevi sorvegliare la strada che andava a Lucignano. Da lí vedevo il telone verde del camion di papà prima di chiunque altro.

Mi sono arrampicato al mio solito posto, a cavalcioni di un grosso ramo che si biforcava, e ho deciso che a casa non sarei piú tornato.

Se papà non mi voleva, se mi odiava, non mi importava, sarei rimasto lí. Potevo vivere senza famiglia, come gli orfani.

«Io non ti voglio. Vattene via!»

Va bene, mi sono detto. Però quando non tornerò piú starai malissimo. E allora verrai qua sotto a chiedermi di tornare ma io non tornerò e tu mi pregherai e io non tornerò e capirai che hai sbagliato e che tuo figlio non torna e vive sul carrubo.

Mi sono tolto la maglietta, ho poggiato la schiena contro il legno, la testa nelle mani e ho guardato la collina del bambino. Era lontana, in fondo alla pianura, e il sole le tramontava accanto. Era un disco arancione che stingeva di rosa sulle nuvole e sul cielo.

– Michele, scendi!
Mi sono risvegliato e ho aperto gli occhi.
Dov'ero?
Ci ho messo un po' a rendermi conto che stavo appollaiato sul carrubo.
– Michele!
Sotto l'albero, sulla Graziella, c'era Maria. Ho sbadigliato. – Che vuoi? – Mi sono stiracchiato. Avevo la schiena rotta.
È smontata dalla bicicletta. – Mamma ha detto che devi tornare a casa.
Mi sono rimesso la maglietta. Incominciava a fare freddo. – No. Non torno piú, diglielo. Io rimango qua!
– Mamma ha detto che è pronta la cena.
Era tardi. C'era ancora un po' di luce ma entro mezz'ora sarebbe calata la notte. Questa cosa non mi piaceva tanto.
– Dille che io non sono piú figlio loro e che solo tu sei figlia loro.
Mia sorella ha aggrottato le sopracciglia. – E non sei neanche piú fratello mio?
– No.
– Allora ho la stanza da sola e mi posso prendere anche i giornalini?
– No, questo non c'entra.
– Ha detto mamma che se non vieni tu, viene

lei e ti piglia a mazzate –. Mi ha fatto segno di
scendere.

– Che me ne frega. Tanto non può salire sull'albero.

– Sí che può. Mamma si arrampica.

– E io le tiro le pietre.

È montata in sella. – Guarda che si arrabbia.

– Papà dov'è?

– Non c'è.

– Dov'è?

– È andato fuori. Torna tardi.

– Dov'è andato?

– Non lo so. Vieni?

Avevo una fame terribile. – Che ci sta da mangiare?

– Il purè e l'uovo, – ha detto allontanandosi.

Il purè e l'uovo. Mi piacevano tantissimo tutti
e due. Soprattutto quando li mischiavo insieme e
diventavano una pappa deliziosa.

Sono saltato giú dal carrubo. – Vabbe', vengo,
solo per questa sera però.

A cena nessuno parlava.

Sembrava che ci stava il morto in casa. Io e mia
sorella mangiavamo seduti a tavola.

Mamma lavava i piatti. – Quando avete finito
andate a letto senza fiatare.

Ha chiesto Maria: – E la televisione?

– Niente televisione. Tra un po' torna vostro
padre e se vi trova alzati sono dolori.

Ho chiesto: – È ancora molto arrabbiato?

– Sí.

– Che ha detto?

– Ha detto che se continui cosí, il prossimo anno ti porta dai frati.

Appena facevo una cosa sbagliata papà mi voleva mandare dai frati.

Salvatore e la madre ogni tanto andavano al monastero di San Biagio perché lo zio era frate guardiano. Un giorno avevo chiesto a Salvatore come si stava dai frati.

– Di merda, – mi aveva risposto. – Stai tutto il giorno a pregare e la sera ti chiudono in una stanza e se ti scappa la pipí non la puoi fare e ti fanno tenere i sandali pure se fa freddo.

Io li odiavo i frati, ma sapevo che non ci sarei andato mai perché papà li odiava piú di me e diceva che erano dei maiali.

Ho messo il piatto nell'acquaio. – A papà non gli passa mai piú?

Mamma ha detto: – Se ti trova che dormi forse gli passa.

Mamma non sedeva mai a tavola con noi.

Ci serviva e mangiava in piedi. Con il piatto poggiato sopra il frigorifero. Parlava poco, e stava in piedi. Lei stava sempre in piedi. A cucinare. A lavare. A stirare. Se non stava in piedi, allora dormiva. La televisione la stufava. Quando era stanca si buttava sul letto e moriva.

Al tempo di questa storia mamma aveva trentatre anni. Era ancora bella. Aveva lunghi capelli neri che le arrivavano a metà schiena e li teneva sciolti. Aveva due occhi scuri e grandi come mandorle, una bocca larga, denti forti e bianchi e un mento a punta. Sembrava araba. Era alta, formosa, aveva il petto grande, la vita stretta e un sedere che faceva venire voglia di toccarglielo e i fianchi larghi.

Quando andavamo al mercato di Lucignano ve-

devo come gli uomini le appiccicavano gli occhi addosso. Vedevo il fruttivendolo che dava una gomitata a quello del banco accanto e le guardavano
il sedere e poi alzavano la testa al cielo. Io la tenevo per mano, mi attaccavo alla gonna.

È mia, lasciatela in pace, avrei voluto urlare.

– Teresa, tu fai venire i cattivi pensieri, – le diceva Severino, quello che portava l'autocisterna.

A mamma queste cose non interessavano. Non
le vedeva. Quelle occhiate voraci le scivolavano
addosso. Quelle sbirciate nella v del vestito non le
facevano né caldo né freddo.

Non era una smorfiosa.

Dall'afa non si respirava. Eravamo a letto. Al
buio.

– Conosci un animale che comincia con un frutto? – mi ha chiesto Maria.

– Come?

– Un animale che comincia con un frutto.

Ho cominciato a pensarci. – Tu lo sai?

– Sí.

– E chi te l'ha detto?

– Barbara.

Non mi veniva niente. – Non esistono.

– Esistono, esistono.

Ci ho provato. – Il pescatore.

– Non è un animale. Non vale.

Avevo il vuoto in testa. Mi ripetevo tutta la
frutta che conoscevo e ci attaccavo dietro pezzi di
animali e non ne usciva niente.

– Il Susinello?

– No.

– Il Perana?

– No.

– Non lo so. Mi arrendo. Qual è?

– Non te lo dico.

– Ora me lo devi dire.

– Vabbe', te lo dico. Il coccodrillo.

Mi sono dato uno schiaffo sulla fronte. – È vero! Il cocco drillo! Era facilissimo. Che cretino...

– Buona notte, – mi ha detto Maria.

– Buona notte, – le ho risposto.

Ho provato a dormire, ma non avevo sonno, mi rigiravo nel letto.

Mi sono affacciato alla finestra. La luna non era piú una palla perfetta e c'erano stelle da tutte le parti. Quella notte il bambino non poteva trasformarsi in lupo. Ho guardato verso la collina. E per un istante, ho avuto l'impressione che una lucina baluginasse sulla cima.

Chissà cosa succedeva nella casa abbandonata.

Forse c'erano le streghe, nude e vecchie, che stavano intorno al buco a ridere senza denti e forse tiravano fuori dal buco il bambino e lo facevano ballare e gli tiravano il pesce. Forse c'era l'orco e gli zingari che se lo cucinavano sulla brace.

Non sarei andato là sopra di notte per tutto l'oro del mondo. Mi sarebbe piaciuto trasformarmi in un pipistrello e volare sopra la casa. O mettermi l'armatura antica che il papà di Salvatore teneva all'ingresso di casa e salire sulla collina. Con quella addosso le streghe non mi potevano fare niente.

3

La mattina mi sono svegliato tranquillo, non avevo fatto sogni brutti. Sono rimasto un po' a letto, a occhi chiusi, ad ascoltare gli uccelli. Poi ho cominciato a rivedere il bambino che si sollevava e allungava le braccia.

– Aiuto! – ho detto.

Che stupido! Per quello si era alzato. Mi chiedeva aiuto e io ero scappato via.

Sono uscito in mutande dalla stanza. Papà stava avvitando la macchinetta del caffè. Il padre di Barbara era seduto a tavola.

– Buon giorno, – ha detto papà. Non era più arrabbiato.

– Ciao, Michele, – ha detto il padre di Barbara. – Come stai?

– Bene.

Pietro Mura era un uomo basso e tozzo, con un paio di baffoni neri che gli coprivano la bocca e un testone quadrato. Indossava un completo nero con le righine bianche e sotto la canottiera. Per tanti anni aveva fatto il barbiere a Lucignano, ma gli affari non erano mai andati bene e quando avevano aperto un nuovo salone con la manicure e i tagli moderni aveva chiuso bottega e ora faceva il contadino. Ma ad Acqua Traverse lo continuavano a chiamare il barbiere.

Se ti dovevi tagliare i capelli andavi a casa sua. Ti faceva sedere in cucina, al sole, accanto alla gabbia con i cardellini, apriva un cassetto e tirava fuori un panno arrotolato, dentro ci teneva i pettini e le forbici ben oliate.

Pietro Mura aveva le dita grosse e corte come sigari toscani che entravano appena nelle forbici, e prima di cominciare a tagliare allargava le lame e te le passava sulla testa, avanti e indietro, come un rabdomante. Diceva che in quel modo poteva sentirti i pensieri, se erano buoni o cattivi.

E io, quando faceva cosí, cercavo di pensare solo a cose belle come i gelati, le stelle cadenti o a quanto volevo bene a mamma.

Mi ha guardato e ha detto: – Che vuoi fare, il capellone?

Ho fatto segno di no con la testa.

Papà ha versato il caffè nelle tazzine buone.

– Ieri mi ha fatto arrabbiare. Se continua cosí lo mando dai frati.

Il barbiere mi ha chiesto: – Lo sai come si tagliano i capelli ai frati?

– Con il buco al centro.

– Bravo. Ti conviene ubbidire, quindi.

– Forza, vestiti e fai colazione, – mi ha detto papà. – Mamma ti ha lasciato il pane e il latte.

– Dov'è andata?

– A Lucignano. Al mercato.

– Papà, ti devo dire una cosa. Una cosa importante.

Si è messo la giacca. – Me la dici stasera. Adesso sto uscendo. Sveglia tua sorella e scalda il latte –. Con un sorso si è finito il caffè.

Il barbiere si è bevuto il suo e sono usciti tutti e due di casa.

Dopo aver preparato la colazione a Maria sono sceso in strada.

Il Teschio e gli altri giocavano a calcio sotto il sole.

Togo, un bastardino bianco e nero, rincorreva la palla e finiva tra le gambe di tutti.

Togo era apparso ad Acqua Traverse all'inizio dell'estate ed era stato adottato da tutto il paese. Si era fatto la cuccia nel capannone del padre del Teschio. Tutti gli davano resti ed era diventato un grassone con una pancia gonfia come un tamburo. Era un cagnolino buono, quando gli facevi le carezze o lo portavi dentro casa si emozionava e si accucciava e faceva pipí.

– Vai in porta, – mi ha urlato Salvatore.

Mi ci sono messo. A nessuno piaceva fare il portiere. A me sí. Forse perché con le mani ero piú bravo che con i piedi. Mi piaceva saltare, tuffarmi, rotolarmi nella polvere. Parare i rigori.

Gli altri invece volevano solo fare gol.

Quella mattina ne ho presi tanti. La palla mi sfuggiva o arrivavo tardi. Ero distratto.

Salvatore mi si è avvicinato. – Michele, che hai?

– Che ho?

– Stai giocando malissimo.

Mi sono sputato nelle mani, ho allargato le braccia e le gambe e ho stretto gli occhi come Zoff.

– Adesso paro. Paro tutto.

Il Teschio ha smarcato Remo, ha sparato una bordata tesa e centrale. Una palla forte, ma facile, di quelle che si possono respingere con un pugno, oppure stringere contro la pancia. Ho provato ad afferrarla ma mi è schizzata dalle mani.

– Gol! – ha urlato il Teschio, e ha sollevato un pugno in aria come se avesse segnato contro la Juventus.

La collina mi chiamava. Potevo andare. Papà e mamma non c'erano. Bastava tornare prima di pranzo.

– Non ho voglia di giocare, – ho detto e me ne sono andato.

Salvatore mi ha rincorso. – Dove vai?

– Da nessuna parte.

– Andiamo a fare un giro?

– Dopo. Adesso ho da fare una cosa.

Ero scappato e avevo lasciato tutto cosí.

La lastra buttata da una parte insieme al materasso, il buco scoperto e la corda che ci pendeva dentro.

Se i guardiani del buco erano venuti, avevano visto che il loro segreto era stato scoperto e me l'avrebbero fatta pagare.

E se non c'era piú?

Dovevo farmi coraggio e guardare.

Mi sono affacciato.

Era arrotolato nella coperta.

Mi sono schiarito la voce. – Ciao… Ciao… Ciao… Sono quello di ieri. Sono sceso, ti ricordi?

Nessuna risposta.

– Mi senti? Sei sordo? – Era una domanda stupida. – Stai male? Sei vivo?

Ha piegato il braccio, ha sollevato una mano e ha bisbigliato qualche cosa.

– Come? Non ho capito.

– Acqua.

– Acqua? Hai sete?

Ha sollevato il braccio.

– Aspetta.

Dove la trovavo l'acqua? C'erano un paio di secchi per la vernice, ma erano vuoti. Nel lavatoio ce n'era un po', ma era verde e pullulava di larve di zanzara.

Mi sono ricordato che quando ero entrato dentro per prendere la corda avevo visto un bidone pieno d'acqua.

– Torno subito, – gli ho detto, e mi sono infilato nella chiostrina sopra la porta.

Il bidone era mezzo pieno, ma l'acqua era limpida e non aveva odore. Sembrava buona.

In un angolo buio, sopra un'asse di legno, c'erano dei barattoli, dei mozziconi di candela, una pentola e delle bottiglie vuote. Ne ho presa una, ho fatto due passi e mi sono fermato. Sono tornato indietro e ho preso in mano la pentola.

Era una pentola bassa, smaltata di bianco, con il bordo e i manici dipinti di blu e intorno c'erano disegnate delle mele rosse ed era uguale a quella che avevamo noi a casa. La nostra l'avevamo comprata con la mamma al mercato di Lucignano, l'aveva scelta Maria da un mucchio di pentole sopra un banco perché le piacevano le mele.

Questa sembrava piú vecchia. Era stata lavata male, sul fondo c'era ancora un po' di roba appiccicata. Ci ho passato l'indice e l'ho avvicinato al naso.

Salsa di pomodoro.

L'ho rimessa a posto e ho riempito la bottiglia d'acqua e l'ho chiusa con un tappo di sughero, ho preso il cestino e sono uscito fuori.

Ho afferrato la corda, ci ho legato il cestino e ci ho poggiato dentro la bottiglia.

– Te la calo, – ho detto. – Prendila.

Con la coperta addosso, a tentoni, ha cercato la bottiglia nel cestino, l'ha stappata e l'ha versata nel pentolino senza farne cadere neanche un po', poi l'ha rimessa nel paniere e ha dato uno strattone alla corda.

Come una cosa che faceva sempre, tutti i giorni. Siccome non me la riprendevo ha dato un secondo strattone e ha grugnito qualcosa arrabbiato.

Appena l'ho tirata su, ha abbassato la testa e senza sollevare il pentolino ha cominciato a bere, a quattro zampe, come un cane. Quando ha finito si è accoccolato da una parte e non si è piú mosso.

Era tardi.

– Allora... Ciao –. Ho coperto il buco e me ne sono andato.

Mentre pedalavo verso Acqua Traverse, pensavo alla pentola che avevo trovato nella cascina.

Mi sembrava strano che era uguale alla nostra. Non lo so, forse perché Maria aveva scelto quella tra tante. Come se fosse speciale, piú bella, con quelle mele rosse.

Sono arrivato a casa giusto in tempo per il pranzo.

– Veloce, vatti a lavare le mani, – mi ha detto papà. Era seduto a tavola accanto a mia sorella. Aspettavano che mamma scolava la pastasciutta.

Sono corso in bagno e mi sono sfregato le mani con il sapone, mi sono fatto la riga a destra e li ho raggiunti mentre mamma riempiva i piatti di pasta.

Non usava la pentola con le mele. Ho guardato le stoviglie ad asciugare sul lavello, ma anche lí non l'ho vista. Doveva essere nella credenza.

– Tra un paio di giorni viene a stare qui una persona, – ha detto papà con il boccone in bocca. – Dovete fare i bravi. Niente pianti e urli. Non mi fate fare figure di merda.

Ho chiesto: – Chi è questa persona?

Si è versato un bicchiere di vino. – È un amico mio.

– Come si chiama? – ha domandato mia sorella.

– Sergio.

– Sergio, – ha ripetuto Maria. – Che nome buffo.

Era la prima volta che veniva uno a stare da noi. A Natale venivano gli zii ma non rimanevano a dormire quasi mai. Non c'era posto. Ho chiesto: – E quanto sta?

Papà si è riempito il piatto di nuovo. – Un po'.

Mamma ci ha messo davanti la fettina di carne.

Era mercoledí. E il mercoledí era il giorno della fettina.

La fettina che fa bene e che a me e a mia sorella faceva schifo. Io, con uno sforzo enorme, quella suoletta dura e insipida la buttavo giú, mia sorella no. Maria poteva masticarla per ore fino a quando diventava una palla bianca e stopposa che le si gonfiava in bocca. E quando non ce la faceva proprio piú l'appiccicava sotto il tavolo. Lí la carne fermentava. Mamma non si raccapezzava. – Ma da dove viene questa puzza? Ma che sarà? – Fino a quando, un giorno, ha sfilato il cassetto delle posate e ha trovato tutte quelle orrende pallottole attaccate alle assi come alveari.

Ma oramai il trucco era stato scoperto.

Maria ha cominciato a lamentarsi. – Non la voglio! Non mi piace!

Mamma si è arrabbiata subito. – Maria, mangia quella carne!

– Non posso. Mi fa venire il male alla testa, – ha detto mia sorella come se le offrissero del veleno.

Mamma le ha mollato uno scapaccione e Maria ha cominciato a frignare.

Ora finisce a letto, ho pensato.

Ma papà invece ha preso il piatto e ha guardato mamma negli occhi. – Lasciala stare, Teresa. Non mangerà. Pazienza. Mettila da parte.

Dopo mangiato i miei genitori sono andati a riposare. La casa era un forno, ma loro riuscivano a dormire lo stesso.

Era il momento adatto per cercare la pentola. Ho aperto la credenza e ho rovistato tra le stoviglie. Ho guardato nel cassettone dove mettevamo le cose che non si usavano più. Sono uscito fuori e sono andato dietro casa dove c'era il lavatoio, l'orto e i fili con i panni stesi. Ogni tanto mamma lavava lí le stoviglie e poi le faceva asciugare al sole.

Niente. La pentola con le mele era scomparsa.

Ce ne stavamo sotto la pergola a giocare a sputo nell'oceano e ad aspettare che il sole se ne calasse un po' per farci una partita a calcio, quando ho visto papà che scendeva le scale, con i pantaloni buoni e la camicia pulita. In mano stringeva una borsa blu che non avevo mai visto.

Io e Maria ci siamo alzati e l'abbiamo raggiunto mentre saliva sul camion.

– Papà, papà, dove vai? Parti? – gli ho domandato attaccato alla portiera.

– Possiamo venire con te? – ha implorato mia sorella.

Un bel giro in camion ci voleva proprio. Ci ricordavamo tutti e due di quando ci aveva portato a mangiare i rustici e le paste alla crema.

Ha acceso il motore. – Mi dispiace, ragazzi. Oggi no.

Ho cercato d'infilarmi dentro la cabina. – Ma avevi detto che non partivi piú, che stavi a casa…

– Torno presto. Domani o dopodomani. Scendete, forza –. Andava di fretta. Non aveva voglia di discutere.

Mia sorella ha provato ancora un po' a insistere. Io no, tanto non c'era niente da fare.

Lo abbiamo guardato allontanarsi nella polvere, al volante della sua grossa scatola verde.

Mi sono svegliato durante la notte.

E non per un sogno. Per un rumore.

Sono rimasto cosí, a occhi chiusi, ad ascoltare.

Mi sembrava di essere a mare. Lo sentivo. Solo che era un mare di ferro, un oceano pigro di bulloni, viti e chiodi che lambiva la riva di una spiaggia. Lente onde di ferraglia si rompevano in una pesante risacca che ne copriva e scopriva i bordi.

A quel suono si univano gli ululati e i guaiti disperati di un branco di cani, un coro lugubre e dissonante che non attenuava il fragore del ferro ma lo amplificava.

Ho guardato fuori dalla finestra. Una mietitrebbia avanzava sferragliando sul crinale di una collina bagnato dai raggi della luna. Assomigliava a una gigantesca cavalletta di metallo, con due piccoli occhi tondi e luminosi e una bocca larga fatta di lame e punte. Un insetto meccanico che divorava grano e cacava paglia. Lavorava di notte perché di giorno era troppo caldo. Era lei che faceva il rumore del mare.

Gli ululati sapevo da dove venivano.

Dal canile del padre del Teschio. Italo Natale aveva costruito dietro casa una baracca di lamiera e ci teneva chiusi i cani da caccia. Stavano sempre là dentro, estate e inverno, dietro una rete metallica. Quando la mattina il padre del Teschio gli portava da mangiare, abbaiavano.

Quella notte, chissà perché, avevano cominciato a ululare tutti insieme.

Ho guardato verso la collina.

Papà era lí. Aveva portato la fettina di mia sorella al bambino e per questo aveva fatto finta di partire e per questo aveva una borsa, per nasconderla dentro.

Prima di cena avevo aperto il frigorifero e la carne non c'era piú.

– Mamma, dov'è la fettina?

Mi aveva guardato stupita. – Ora ti piace la carne?

– Sí.

– Non c'è piú. Se l'è mangiata tuo padre.

Non era vero. L'aveva presa per il bambino.

Perché il bambino era mio fratello.

Come Nunzio Scardaccione, il fratello maggiore di Salvatore. Nunzio non era un pazzo cattivo, ma io non lo potevo guardare. Avevo paura che mi mischiava la sua follia. Nunzio si strappava i capelli con le mani e se li mangiava. In testa era tutto buchi e croste e sbavava. Sua madre gli metteva un cappello e i guanti cosí non si strappava i capelli, ma lui aveva cominciato a mordersi a sangue le braccia. Alla fine lo avevano preso e lo avevano portato al manicomio. Io ero stato felice.

Poteva essere che il bambino nel buco era mio fratello, ed era nato pazzo come Nunzio e papà lo aveva nascosto lí, per non farci spaventare me e mia sorella. Per non spaventare i bambini di Acqua Traverse.

Forse io e lui eravamo gemelli. Eravamo alti uguale e sembrava che avevamo la stessa età.

Quando eravamo nati, mamma ci aveva presi tutti e due dalla culla, si era seduta su una sedia e ci aveva messo il seno in bocca per darci il latte. Io avevo cominciato a succhiare ma lui, invece, le aveva morso il capezzolo, aveva cercato di strapparglielo, il sangue e il latte le colavano dalla tetta e mamma urlava per casa: – È pazzo! È pazzo! Pino, portalo via! Portalo via! Uccidilo, che è pazzo.

Papà lo aveva infilato in un sacco e lo aveva portato sulla collina per ammazzarlo, lo aveva messo a terra, nel grano, e doveva pugnalarlo ma non ce l'aveva fatta, era sempre figlio suo, e allora aveva scavato un buco, ce lo aveva incatenato dentro e ce lo aveva cresciuto.

Mamma non sapeva che era vivo.

Io sí.

4

Mi sono svegliato presto. Sono rimasto a letto mentre il sole cominciava ad accendersi. Poi non ce l'ho fatta piú a starmene ad aspettare. Mamma e Maria dormivano ancora. Mi sono alzato, mi sono lavato i denti, ho riempito la cartella con del formaggio e del pane e sono uscito.

Avevo deciso che di giorno sulla collina non c'era pericolo, solo di notte succedevano le cose brutte.

Quella mattina erano apparse le nuvole. Scorrevano veloci su un cielo stinto proiettando macchie scure sui campi di grano e si tenevano stretta la loro pioggia portandola chissà dove.

Sfrecciavo nella campagna deserta, sulla Scassona, diretto alla casa.

Se trovavo nel buco anche un pezzettino della fettina voleva dire che quel bambino era mio fratello.

Ero quasi arrivato quando sull'orizzonte è apparso un polverone rosso. Basso. Veloce. Una nuvola che avanzava nel grano. Il polverone che può fare una macchina su una strada di terra cotta dal sole. Era distante ma ci avrebbe messo poco a raggiungermi. Già sentivo il rombo del motore.

Arrivava dalla casa abbandonata. Quella strada portava solo lí. Un'automobile ha curvato piano e mi si è messa di fronte.

Non sapevo che fare. Se tornavo indietro mi avrebbe raggiunto, se continuavo mi avrebbe visto. Dovevo decidermi in fretta, si stava avvicinando. Forse mi aveva già visto. Se non mi aveva visto era solo per la nube rossa che sollevava.

Ho girato la bicicletta e ho cominciato a pedalare, cercando di allontanarmi il piú veloce possibile. Era inutile. Piú spingevo sui pedali, piú la bicicletta si impuntava, si sbilanciava e si rifiutava di andare avanti. Mi giravo e alle mie spalle il polverone cresceva.

Nasconditi, mi sono detto.

Ho sterzato, la bicicletta si è impennata su un sasso e sono volato come un crocifisso nel grano. La macchina era a meno di duecento metri.

La Scassona stava sul bordo della strada. Ho afferrato la ruota davanti e l'ho trascinata accanto a me. Mi sono appiccicato a terra. Senza respirare. Senza muovere un muscolo. Chiedendo a Gesú Bambino che non mi vedessero.

Gesú Bambino mi ha accontentato.

Steso tra le piante, con i tafani che banchettavano sulla mia pelle e le mani immerse nella zolle infuocate, ho visto sfilarmi davanti una 127 marrone.

La 127 di Felice Natale.

Felice Natale era il fratello maggiore del Teschio. E se il Teschio era cattivo, Felice lo era mille volte di piú.

Felice aveva vent'anni. E quando stava ad Acqua Traverse la vita per me e gli altri bambini era un inferno. Ci picchiava, ci bucava il pallone e ci rubava le cose.

Era un povero diavolo. Senza un amico, senza una donna. Uno che se la prendeva con i piú piccoli, un'anima in pena. E questo si capiva. Nessuno a vent'anni può vivere ad Acqua Traverse, a meno di fare la fine di Nunzio Scardaccione, lo strappacapelli. Felice stava ad Acqua Traverse come una tigre in gabbia. Si aggirava tra quelle quattro case infuriato, nervoso, pronto a darti il tormento. Fortuna che ogni tanto se ne andava a Lucignano. Ma anche lí non si era fatto degli amici. Quando uscivo da scuola lo vedevo seduto da solo su una panchina della piazza.

In quell'anno la moda erano i pantaloni a zampa di elefante, le magliette strette e colorate, il montone, i capelli lunghi. Felice no, i capelli se li tagliava corti e se li tirava indietro con la brillantina, si rasava perfettamente e si vestiva con giacche militari e pantaloni mimetici. E si legava un fazzoletto intorno al collo. Girava su quella 127, gli piacevano le armi e raccontava di aver fatto il parà a Pisa e che si era gettato dagli aerei. Ma non era vero. Tutti sapevano che aveva fatto il militare a Brindisi. Aveva il viso affilato di un barracuda e i denti piccoli e separati come quelli di un coccodrillo appena nato. Una volta ci aveva detto che li aveva cosí perché erano ancora i denti da latte. Non li aveva mai cambiati. Se non apriva la bocca era quasi un bel ragazzo, ma se spalancava il forno, se rideva, facevi due passi indietro. E se ti beccava a guardargli i denti erano dolori.

Poi un giorno benedetto, senza dire niente a nessuno, era partito.

Se chiedevi al Teschio dov'era andato suo fratello rispondeva: – Al Nord. A lavorare.

Questo ci bastava e ci avanzava.

Ora invece era rispuntato come un'erbaccia velenosa. Sulla sua 127 color merda sciolta. E scendeva giú dalla casa abbandonata.

Ce l'aveva messo lui il bambino nel buco. Ecco chi ce l'aveva messo.

Nascosto tra gli alberi, ho controllato che nella valletta non ci fosse nessuno.

Quando sono stato sicuro di essere solo, sono uscito dal bosco e sono entrato nella casa passando per la solita chiostrina. Oltre i pacchi di pasta, le bottiglie di birra, la pentola con le mele, per terra c'erano un paio di scatolette di tonno aperte. E da una parte, arrotolato, un sacco a pelo militare.

Felice. Era suo. Me lo vedevo, imbustato nel suo sacco, tutto contento, che si mangiava il tonno.

Ho riempito una bottiglia d'acqua, ho preso la corda dallo scatolone e l'ho portata fuori, l'ho legata al braccio della gru, ho scostato la lastra e il materasso e ho guardato di sotto.

Era raggomitolato come un porcospino nella coperta marrone.

Non avevo voglia di scendere là dentro, ma dovevo scoprire se c'erano i resti della fettina di mia sorella. Anche se avevo visto Felice arrivare dalla collina non riuscivo a togliermi dalla testa che quel bambino poteva essere mio fratello.

Ho tirato fuori il formaggio e gli ho domandato: – Posso venire? Sono quello dell'acqua. Ti ricordi? Ti ho portato da mangiare. La caciotta. È buona la caciotta. Meglio, mille volte meglio della fettina. Se non mi attacchi, te la dò.

Non mi ha risposto.

– Allora, posso scendere?

Felice poteva averlo sgozzato.

– Ti tiro la caciotta. Prendila –. Gliel'ho lanciata.

Gli è caduta vicino.

Una mano nera e rapida come una tarantola è sbucata dalla coperta e ha cominciato a tastare a terra fino a quando non ha trovato il formaggio, lo ha afferrato e lo ha fatto scomparire. Mentre mangiava le gambe gli fremevano, come quei cani bastardi che si trovano davanti un avanzo di bistecca dopo giorni di digiuno.

– Ho anche dell'acqua… Te la porto giú?

Ha fatto un gesto con un braccio.

Mi sono calato.

Appena ha sentito che gli stavo vicino, si è acciambellato contro la parete.

Ho guardato intorno, non c'era traccia della fettina.

– Non ti faccio niente. Hai sete? – Gli ho teso la bottiglia. – Bevi, è buona.

Si è messo seduto senza levarsi di dosso la coperta. Sembrava un piccolo fantasma straccione. Le gambe magre spuntavano simili a due ramoscelli bianchi e striminziti. Una era legata alla catena. Ha tirato fuori un braccio e mi ha strappato la bottiglia e, come il formaggio, è scomparsa sotto la coperta.

Al fantasma si è formato un lungo naso da formichiere. Beveva.

Se l'è fatta fuori tutta in venti secondi. E quando ha finito, ha fatto pure un rutto.

– Come ti chiami? – gli ho chiesto.

Si è riaccucciato senza degnarsi di rispondere.

– Come si chiama tuo padre?

Ho aspettato invano.

– Mio padre si chiama Pino, e il tuo? Pure il tuo si chiama Pino?

Sembrava addormentato.

Sono rimasto a guardarlo, poi ho detto: – Felice! Quello lo conosci? L'ho visto. Scendeva giú in macchina… – Non sapevo piú che dire. – Vuoi che me vado? Se vuoi me ne vado –. Niente. – Va bene, me ne vado –. Ho afferrato la corda. – Ciao, allora…

Ho sentito un sussurro, un respiro, qualcosa è uscito dalla coperta.

Mi sono avvicinato. – Hai parlato?

Ha bisbigliato ancora.

– Non capisco. Parla piú forte.

– Gli orsetti…! – ha urlato.

Ho fatto un salto. – Gli orsetti? Come gli orsetti?

Ha abbassato il tono della voce. – Gli orsetti lavatori…

– Gli orsetti lavatori?

– Gli orsetti lavatori. Se lasci aperta la finestra della cucina gli orsetti lavatori entrano dentro e rubano le torte o i biscotti, a seconda di quello che si mangia quel giorno, – ha detto molto serio. – Se tu, per esempio, lasci la spazzatura davanti a casa, gli orsetti lavatori vengono la notte e se la mangiano.

Era come una radio rotta che improvvisamente riprendeva a trasmettere.

– È molto importante chiudere bene il secchio sennò buttano tutto fuori.

Di che stava parlando? Ho cercato d'interromperlo. – Qui non ci stanno orsi. E neanche lupi.

Le volpi, sí –. E poi gli ho chiesto: – Ieri per caso hai mangiato una fettina di carne?

– Gli orsetti lavatori mordono perché hanno paura dell'uomo.

Chi cavolo erano questi orsetti lavatori? E cosa lavavano? I panni? E poi gli orsi parlano solo nei fumetti. Non mi piaceva questa storia degli orsetti lavatori.

Ho insistito. – Mi potresti dire, per favore, se ieri sera hai mangiato la fettina? È molto importante.

E lui mi ha risposto: – Gli orsetti mi hanno detto che tu non hai paura del signore dei vermi.

Una vocina nel cervello mi diceva che non dovevo starlo a sentire, che me ne dovevo scappare.

Mi sono aggrappato alla corda, ma non riuscivo ad andarmene, continuavo a fissarlo incantato.

Ha insistito. – Tu non hai paura del signore dei vermi.

– Il signore dei vermi? E chi è?

– Il signore dei vermi dice: Ehi, fessacchiotto! Ora ti mando giú la roba. Prendila e ridammi il secchio. Sennò scendo e ti schiaccio come un verme. Sí, ti schiaccio come un verme. Tu sei l'angelo custode?

– Come?

– Sei l'angelo custode?

Ho balbettato. – Io... Io, no... Io non sono l'angelo...

– Tu sei l'angelo. Hai la stessa voce.

– Quale angelo?

– Quello che parla, che dice le cose.

– Non sono gli orsetti lavatori che parlano? – Non riuscivo a trovare un senso a quel farneticare. – Me lo avevi detto tu...

– Gli orsetti parlano, ma certe volte dicono le bugie. L'angelo dice sempre la verità. Tu sei l'angelo custode –. Ha alzato il tono di voce. – A me lo puoi dire.

Mi sentivo debole. La puzza di merda mi tappava la bocca, il naso, il cervello. – Io non sono un angelo… Io sono Michele, Michele Amitrano. Non sono un… – ho mormorato e mi sono appoggiato contro la parete e sono scivolato a terra e lui si è alzato, ha teso le braccia verso di me come un lebbroso che chiede la carità ed è rimasto sollevato pochi istanti, poi ha fatto un passo ed è caduto giú, in ginocchio, sotto la coperta, ai miei piedi.

Mi ha toccato un dito sussurrando.

Ho cacciato un urlo. Come se mi avesse toccato una medusa schifosa, un ragno infetto. Con quella manina ossuta, con quelle sue unghie nere, lunghe e storte.

Parlava troppo piano. – Cosa, cosa hai detto?

– Cosa hai detto? Sono morto! – ha risposto.

– Cosa?

– Cosa? Sono morto? Sono morto? Sono morto. Cosa?

– Parla piú forte. Piú forte… Ti prego…

Ha urlato, rauco, senza voce, stridulo come un'unghia sulla lavagna. – Sono morto? Sono morto? Sono morto.

Ho cercato la corda e mi sono tirato su, scalciando e facendogli franare la terra addosso.

Ma lui continuava a strillare. – Sono morto? Sono morto. Sono morto?

Pedalavo inseguito dai tafani.

E giuravo che mai e poi mai sarei tornato su

quella collina. Mai piú, mi potevano accecare, avrei parlato con quel pazzo.

Come cavolo credeva di essere morto?

Nessuno che è vivo può credere di essere morto. Quando uno è morto è morto. E se ne sta in paradiso. O al massimo all'inferno.

E se invece aveva ragione?

Se era morto veramente? Se lo avevano resuscitato? Chi? Solo Gesú Cristo può resuscitarti. E nessun altro. Ma quando ti risvegli lo sai che eri morto? Ti ricordi del paradiso? Te lo ricordi chi eri prima? Diventi pazzo, perché il cervello è marcito e ti metti a parlare di orsetti lavatori.

Non era mio gemello e non era neanche mio fratello. E papà non c'entrava niente con lui. La fettina non c'era. La pentola non era la nostra. La nostra, mamma l'aveva buttata via.

E appena papà tornava gli raccontavo tutto. Come mi aveva insegnato. E lui avrebbe fatto qualcosa.

Ero quasi arrivato alla strada quando mi sono ricordato della lastra. Ero scappato e avevo lasciato di nuovo il buco aperto.

Se Felice tornava su capiva subito che c'era stato qualcuno che aveva ficcato il naso dove non doveva ficcarlo. Non potevo farmi beccare solo perché avevo paura di un pazzo incatenato in un buco. Se Felice scopriva che ero stato io, mi avrebbe trascinato per un orecchio.

Una volta io e il Teschio eravamo saliti sulla macchina di Felice. Facevamo che la 127 era un'astronave. Lui guidava e io sparavo ai marziani. Felice ci aveva beccati e ci aveva tirati fuori, in mezzo alla strada, trascinandoci per le orecchie, come conigli. Piangevamo disperati ma lui non mollava. Per fortuna che mamma era uscita e lo aveva caricato di mazzate.

Avrei voluto lasciare tutto cosí, correre a casa e chiudermi in camera mia a leggere i giornalini, ma sono tornato indietro, maledicendomi. Le nuvole se n'erano andate e si schiattava di caldo. Mi sono tolto la maglietta e me la sono annodata in testa, come un indiano. Ho preso una mazza. Se avessi incontrato Felice mi sarei difeso.

Ho cercato di avvicinarmi il meno possibile al buco, ma non ho potuto fare a meno di guardare.

Era in ginocchio sotto la coperta con il braccio teso, nella stessa posizione in cui lo avevo lasciato.

Mi è venuta voglia di saltare su quella maledetta lastra e spaccarla in mille pezzi e invece l'ho spinta e ci ho coperto il buco.

Quando sono arrivato mamma lavava i piatti. Ha buttato la padella nel lavandino. – Guarda un po' chi è tornato!

Era cosí arrabbiata che le tremava la mascella. – Si può sapere dove te ne vai? Mi hai fatto morire di paura… Tuo padre l'altro giorno non te le ha date. Ma questa volta le prendi.

Non ho avuto nemmeno il tempo di tirare fuori una scusa che lei ha cominciato a rincorrermi. Saltavo da una parte all'altra della cucina come una capra mentre mia sorella, seduta al tavolo, mi guardava scuotendo la testa.

– Dove scappi? Vieni qua!

Sono zompato oltre il divano, sono passato sotto il tavolo, ho scavalcato la poltrona, sono scivolato sul pavimento fino in camera mia e mi sono nascosto sotto il letto.

– Esci fuori!

– No. Tu mi picchi!

– Sí che ti picchio. Se esci da solo ne prendi di meno.

– No, non esco!

– Va bene.

Una morsa si è chiusa sulla caviglia. Mi sono attaccato alla zampa del letto con tutte e due le mani, ma non c'è stato niente da fare. Mamma era piú forte di Maciste e quella maledetta zampa di ferro mi scivolava fra le dita. Ho mollato la presa e mi sono ritrovato tra le sue gambe. Ho provato a infilarmi di nuovo sotto il letto, ma non mi ha dato scampo, mi ha tirato su per i pantaloni e mi ha messo sotto il braccio come fossi una valigia.

Strillavo. – Lasciami! Ti prego! Lasciami!

Si è seduta sul divano, mi ha steso sulle ginocchia, mi ha abbassato i pantaloni e le mutande mentre belavo come un agnello, si è buttata indietro i capelli e ha cominciato a farmi le chiappe rosse.

Mamma ha sempre avuto le mani pesanti. I suoi sculaccioni erano lenti e precisi e facevano un rumore sordo, come un battipanni sul tappeto.

– Ti ho cercato dappertutto –. E uno. – Nessuno sapeva niente –. E due. – Mi farai morire. Dove vai tutto il giorno? – E tre. – Avranno pensato che sono una madre che non vale niente –. E quattro. – Che non sono buona a educare i figli.

– Basta! – urlavo io. – Basta! Ti prego, ti prego, mamma!

Alla radio una voce cantava. «Croce. Croce e delizia. Delizia al cor».

Me lo ricordo come fosse ieri. Per tutta la vita, quando ho ascoltato la Traviata, mi sono rivisto con il sedere all'aria, sulle gambe di mia madre che, seduta composta sul divano, mi gonfiava di botte.

– Che facciamo? – mi ha chiesto Salvatore.

Eravamo seduti sulla panchina e tiravamo i sassi contro uno scaldabagno buttato nel grano. Chi lo colpiva faceva punto. Gli altri, in fondo alla strada, giocavano a nascondino.

La giornata era stata ventosa, ma ora, al crepuscolo, l'aria si era fermata, c'era afa, e dietro i campi si era appoggiata una striscia di nuvole livide e stanche.

Ho lanciato troppo lontano. – Non lo so. In bicicletta non ci posso andare, mi fa male il culo. Mia madre mi ha picchiato.

– Perché?

– Perché torno tardi a casa. A te, tua madre ti picchia?

Salvatore ha lanciato e ha colpito lo scaldabagno con un bel toc. – Punto! Tre a uno –. Poi ha scosso la testa. – No. Non ce la fa. È troppo grossa.

– Beato te. Mia madre invece è fortissima e può correre piú veloce di una bicicletta.

Si è messo a ridere. – Impossibile.

Ho raccolto un sasso piú piccolo e l'ho scagliato. A questo giro l'ho quasi preso. – Te lo giuro. Una volta, a Lucignano, dovevamo prendere il pullman. Quando siamo arrivati era appena partito. Mamma si è messa a correre cosí veloce che l'ha raggiunto e ha cominciato a dare pugni sulla porta. Si sono fermati.

– Mia madre se si mette a correre muore.

– Senti, – ho detto. – Ti ricordi quando la signorina Destani ci ha raccontato la storia del miracolo di Lazzaro?

– Sí.

– Secondo te quando è risorto, Lazzaro sapeva di essere morto?

Salvatore ci ha pensato su. – No. Secondo me pensava di essersi ammalato.

– Ma come faceva a camminare? Il corpo dei morti è tutto duro. Ti ricordi quel gatto che abbiamo trovato com'era duro.

– Quale gatto? – ha tirato e ha preso lo scaldabagno di nuovo. Aveva una mira infallibile.

– Il gatto nero, vicino al torrente... Ti ricordi?

– Sí, mi ricordo. Il Teschio lo ha spezzato in due.

– Se uno è morto e si risveglia, non cammina proprio normale e diventa pazzo perché gli è marcito il cervello e dice cose strane, non credi?

– Penso di sí.

– Secondo te si può rianimare un morto o solo Gesú Cristo in persona ci può riuscire?

Salvatore si è grattato la testa. – Non lo so. Mia zia mi ha raccontato una storia vera. Che una volta il figlio di uno è stato investito da una macchina ed è morto tutto maciullato. Il padre non riusciva piú a vivere, stava male, piangeva tutto il giorno, è andato da un mago e gli ha dato tutti i soldi per resuscitargli il figlio. Il mago ha detto: «Vai a casa e aspetta. Tuo figlio tornerà stanotte». Il padre si è messo ad aspettare, ma quello non tornava, alla fine se n'è andato a letto. Si stava addormentando quando ha sentito dei passi in cucina. Si è alzato tutto felice e ha visto il figlio, era tutto maciullato e non aveva un braccio e aveva la testa spaccata, con il cervello che gli colava e diceva che lo odiava perché lo aveva lasciato in mezzo alla strada per andare con le donne ed era colpa sua se era morto.

– E allora?

– E allora il padre ha preso la benzina e gli ha dato fuoco.

– Ha fatto bene –. Ho lanciato e finalmente ho fatto centro. – Punto! Quattro a due.

Salvatore si è piegato a cercare un sasso. – Ha fatto bene, sí.

– Ma secondo te è una storia vera?

– No.

– Anche secondo me.

Mi sono svegliato perché mi scappava la pipí. Mio padre era tornato. Ho sentito la sua voce in cucina.

C'era gente. Discutevano, si interrompevano, si insultavano. Papà era molto arrabbiato.

Quella sera eravamo andati a dormire subito dopo cena.

Avevo ronzato intorno a mamma come una falena, per fare pace. Mi ero messo addirittura a pelare le patate, ma mi aveva tenuto il muso tutto il pomeriggio. A cena ci aveva sbattuto i piatti davanti e noi avevamo mangiato in silenzio, mentre lei girava per la cucina e guardava la strada.

Mia sorella dormiva. Mi sono inginocchiato sul letto e mi sono affacciato alla finestra.

Il camion era posteggiato accanto a una grande macchina scura con il muso argentato. Una macchina per ricchi.

Mi scappava, ma per raggiungere il bagno dovevo passare dalla cucina. Con tutte quelle persone mi vergognavo, però me la stavo facendo addosso.

Mi sono alzato e mi sono avvicinato alla porta. Ho afferrato la maniglia. Ho contato. – Uno, due, tre… Quattro, cinque e sei –. E ho aperto.

Erano seduti a tavola.

Italo Natale, il padre del Teschio. Pietro Mura, il barbiere. Angela Mura. Felice. Papà. E un vecchio che non avevo mai visto. Doveva essere Sergio, l'amico di papà.

Fumavano. Avevano le facce rosse e stanche e gli occhi piccoli piccoli.

Il tavolo era coperto di bottiglie vuote, ceneriere piene di mozziconi, pacchetti di Nazionali e Milde Sorte, briciole di pane. Il ventilatore girava, ma non serviva a niente. Si moriva di caldo. Il televisore era acceso, senza il volume. C'era odore di pomodoro, sudore e zampirone.

Mamma preparava il caffè.

Ho guardato il vecchio che tirava fuori una sigaretta da un pacchetto di Dunhill.

Ho saputo poi che si chiamava Sergio Materia. All'epoca aveva sessantasette anni e veniva da Roma, dove era diventato famoso, vent'anni prima, per una rapina in una pellicceria di Monte Mario e un colpo alla sede centrale della Banca dell'Agricoltura. Una settimana dopo la rapina si era comprato una rosticceria-tavola calda in piazza Bologna. Voleva riciclare il denaro, ma i carabinieri lo avevano incastrato proprio il giorno dell'inaugurazione. Si era fatto parecchia galera, per buona condotta era tornato in libertà ed era emigrato in Sud America.

Sergio Materia era magro. Con la testa pelata. Sopra le orecchie gli crescevano dei capelli giallastri e radi che teneva raccolti in una coda. Aveva il naso lungo, gli occhi infossati e la barba, bianca, di almeno un paio di giorni, gli macchiava le guance incavate. Le sopracciglia lunghe e biondicce sembravano ciuffi di peli incollati sulla fronte. Il collo era grinzoso, a chiazze, come se glielo avessero sbiancato con la candeggina. Indossava un completo azzurro e una camicia di seta marrone. Un paio di occhiali d'oro gli poggiavano sulla pelata lucida. E una catena d'oro con un sole spuntava fra i peli del petto. Al polso portava un orologio d'oro massiccio.

Era furibondo. – Fin dall'inizio avete fatto uno sbaglio dietro l'altro –. Parlava strano. – E questo qua è un coglione... – Ha indicato Felice. Lo guardava con la faccia con cui si guarda uno stronzo di cane. Ha preso uno stecchino e ha cominciato a pulirsi i denti gialli.

Felice era piegato sulla tavola e con la forchetta faceva disegni sulla tovaglia. Era uguale preciso al fratello quando la madre lo sgridava.

Il vecchio si è grattato la gola. – Su lo avevo detto che non ci dovevamo fidare di voi. Non siete buoni. È stata un'idea del cazzo. Avete fatto stronzate su stronzate. Voi state a scherzare col fuoco –. Ha buttato lo stecchino nel piatto. – Sono un idiota! Me ne sto qua a perdere tempo... Se le cose andavano come dovevano andare, a quest'ora dovevo stare in Brasile e invece sto in questo posto di merda.

Papà ha provato a ribattere. – Sergio ascolta... Stai tranquillo... Le cose non sono ancora...

Ma il vecchio lo ha zittito. – Quali cazzo di cose? Tu devi stare zitto perché sei peggio degli altri. E lo sai perché? Perché non ti rendi conto. Non sei capace. Tutto tranquillo, sicuro, hai infilato una cazzata dietro l'altra. Sei un imbecille.

Papà ha cercato di rispondere poi ha ingoiato il boccone e ha abbassato lo sguardo.

Lo aveva chiamato imbecille.

È stato come se mi avessero dato una coltellata in un fianco. Nessuno aveva mai parlato cosí a papà. Papà era il capo di Acqua Traverse. E invece quel vecchio schifoso, arrivato da chissà dove, lo insultava davanti a tutti.

Perché papà non lo cacciava via?

Improvvisamente nessuno ha parlato piú. Stavano muti, mentre il vecchio ha ricominciato a pulirsi i denti e a guardare il lampadario.

Il vecchio era come l'imperatore. Quando l'imperatore è nero tutti devono stare zitti. Papà compreso.

– Il telegiornale! Ecco il telegiornale, – ha detto il padre di Barbara agitandosi sulla sedia. – Incomincia!

– Alza! Teresa, alza! E spegni la luce, – ha fatto papà a mamma.

A casa mia si spegneva sempre la luce quando si guardava la televisione. Era obbligatorio. Mamma si è precipitata sulla manopola del volume e poi sull'interruttore.

Nella stanza è calata la penombra. Tutti si sono girati verso il televisore. Come quando giocava l'Italia.

Nascosto dietro la porta, li ho visti trasformarsi in sagome oscure tinte di blu dallo schermo.

Il giornalista parlava di uno scontro tra due treni avvenuto vicino a Firenze, c'erano stati dei morti, ma a nessuno importava.

Mamma versava lo zucchero nel caffè. E loro a dire: – A me uno, a me due, a me senza.

La madre di Barbara ha detto: – Forse non ne parlano. Ieri non ne hanno parlato. Forse non interessa piú.

– Zitta tu! – ha sbuffato il vecchio.

Era il momento giusto per andare a fare la pipí. Bastava arrivare in camera dei miei. Da lí entravo in bagno e la facevo al buio.

Mi sono immaginato di essere una pantera nera. Sono uscito dalla stanza a quattro zampe. Ero a pochi metri dalla salvezza quando il padre del Teschio si è alzato dal divano e mi è venuto incontro.

Mi sono appiccicato sul pavimento. Italo Natale ha preso le sigarette dal tavolo ed è tornato a sedersi sul divano. Ho tirato un sospiro e ho ricominciato ad avanzare. La porta stava lí, era fatta, c'ero. Cominciavo a rilassarmi, quando tutti insieme hanno urlato. – Ecco! Ecco! – Zitti! – State zitti!

Ho allungato il collo oltre il divano e per poco non mi è preso un colpo.

Dietro il giornalista c'era la foto del bambino. Il bambino nel buco.

Era biondo. Tutto pulito, tutto pettinato, tutto bello, con una camicia a quadretti, sorrideva e tra le mani stringeva la locomotiva di un trenino elettrico.

Il giornalista ha proseguito. – Continuano senza sosta le ricerche del piccolo Filippo Carducci, il figlio dell'industriale lombardo Giovanni Carducci rapito due mesi fa a Pavia. I carabinieri e gli inquirenti stanno seguendo una nuova pista che porterebbe...

Non ho sentito piú niente.

Urlavano. Papà e il vecchio si sono alzati in piedi.

Il bambino si chiamava Filippo. Filippo Carducci.

– Trasmettiamo ora un appello della signora Luisa Carducci ai rapitori registrato questa mattina.

– E ora che cazzo vuole questa bastarda? – ha detto papà.

– Puttana! Brutta puttana! – ha ringhiato dietro Felice.

Il padre gli ha dato uno schiaffo. – Statti zitto!

Si è unita la madre di Barbara. – Cretino!

– Porcoddio! E basta! – ha strillato il vecchio. – Voglio sentire!

È apparsa una signora. Elegante. Bionda. Non era né giovane né vecchia, ma era bella. Stava seduta su una grande poltrona di cuoio in una stanza piena di libri. Aveva gli occhi lucidi. Si stringeva le mani come se le dovessero scappare. Ha tirato su con il naso e ha detto guardandoci negli occhi: – Sono la madre di Filippo Carducci. Mi rivolgo ai sequestratori di mio figlio. Vi imploro, non fategli male. È un bambino buono, educato e molto timido. Vi imploro di trattarlo bene. Sono sicura che conoscete l'amore e la comprensione. Anche se non avete figli sono certa che potete immaginare cosa voglia dire quando te li portano via. Il riscatto che avete chiesto è molto alto, ma io e mio marito siamo disposti a darvi tutto quello che possediamo pur di riavere Filippo con noi. Avete minacciato di tagliargli un orecchio. Vi prego, vi supplico di non farlo... – Si è asciugata gli occhi, ha preso fiato e ha continuato. – Stiamo facendo il possibile. Per favore. Dio ve ne renderà merito se saprete essere misericordiosi. Dite a Filippo che la sua mamma e il suo papà non lo hanno dimenticato e gli vogliono bene.

Papà ha fatto con le dita il segno della forbice. – Due orecchie gli tagliamo. Due.

Il vecchio ha aggiunto: – Cosí, troia, impari a parlare alla televisione!

E tutti hanno ricominciato a urlare.

Mi sono infilato in camera, ho chiuso la porta, sono salito sulla finestra e l'ho fatta di sotto.

Erano stati papà e gli altri a prendere il bambino a quella signora della televisione.

La pipí scrosciava sul telone del camion e le gocce brillavano alla luce del lampione.

«Attento, Michele, non devi uscire di notte», mi diceva sempre mamma. «Con il buio esce l'uomo nero e prende i bambini e li vende agli zingari».

Papà era l'uomo nero.

Di giorno era buono, ma di notte era cattivo.

Tutti gli altri erano zingari. Zingari travestiti da persone. E quel vecchio era il re degli zingari e papà il suo servo. Mamma no, però.

Mi immaginavo che gli zingari erano una specie di nanetti velocissimi, con le orecchie di volpe e le zampe di gallina. E invece erano persone normali.

Perché non glielo ridavano? Che se ne facevano di un bambino pazzo? La mamma di Filippo stava male, si vedeva. Se lo chiedeva in televisione voleva dire che le importava molto di suo figlio.

E papà gli voleva tagliare pure le orecchie.

– Che fai? – ho sobbalzato, mi sono voltato e per poco non l'ho fatta sul letto.

Maria si era svegliata.

Mi sono rimesso l'uccello nelle mutande.

– Niente.

– Facevi pipí, ti ho visto.

– Mi scappava.

– Che c'è di là?

Se dicevo a Maria che papà era l'uomo nero poteva pure impazzire. Ho sollevato le spalle.

– Niente.

– E perché litigano?

– Cosí.

– Come cosí?

Mi sono buttato. – Stanno giocando a tombola.

– A tombola?

– Sí. Litigano per chi tira fuori i numeri.

– Chi sta vincendo?

– Sergio, l'amico di papà.

– È arrivato?

– Sí.

– Com'è?

– Vecchio. Dormi ora.

– Non ci riesco. Fa troppo caldo. C'è rumore. Quando se ne vanno?

Di là continuavano a urlare.

Sono sceso giú dalla finestra. – Non lo so.

– Michele, mi racconti una favola cosí mi addormento?

Papà ci raccontava le storie di Agnolotto in Africa. Agnolotto era un cagnolino di città che si nascondeva in una valigia e finiva per sbaglio in Africa, tra i leoni e gli elefanti. Ci piaceva molto questa storia. Agnolotto era capace di tenere testa agli sciacalli. E aveva una marmotta per amica. Di solito quando papà tornava ci raccontava una nuova puntata.

Era la prima volta che Maria mi chiedeva di raccontarle una favola, ero molto onorato. Il guaio era che io non le conoscevo. – Ecco… Io non le so, – ho dovuto ammettere.

– Non è vero. Le conosci.

– E quale conosco?

– Ti ricordi la favola che ci ha raccontato quella volta la mamma di Barbara? Quella di Pierino Pierone?

– Ah, già!

– Me la racconti?

– Va bene, ma non me la ricordo tanto.

– Ti va di raccontarmela nella tenda?

– Sí –. Cosí almeno non sentivamo gli strilli in cucina. Mi sono messo nel letto di mia sorella e ci siamo tirati il lenzuolo sopra la testa.

– Comincia, – mi ha sussurrato in un orecchio.

– Allora, c'era Pierino Pierone che si arrampicava sempre sugli alberi per mangiarsi la frutta. Un giorno stava là sopra quando è arrivata la strega Bistrega. E ha detto: «Pierino Pierone, dammi una pera che ho una fame tremenda». E Pierino Pierone le ha lanciato una pera.

Mi ha interrotto. – Non hai detto com'è fatta la strega Bistrega.

– Giusto. È bruttissima. Senza i capelli sopra. Ha la coda di cavallo e il naso lungo. È alta e si mangia i bambini. E suo marito è l'uomo nero…

Mentre raccontavo, mi vedevo papà che tagliava le orecchie a Filippo e se le metteva in tasca. E le attaccava allo specchietto del camion come con la coda di pelliccia.

– Non è vero. Non è sposata. Racconta bene. Io la storia la so.

– Pierino Pierone le ha lanciato una pera che è finita dentro la merda di vacca.

Maria ha cominciato a ridere. Le cose con la cacca le piacevano molto.

– La strega Bistrega ha detto ancora: «Pierino Pierone, dammi una pera che ho una fame tremenda». «Prendi questa!» E le ha lanciato la pera nella piscia di vacca. E l'ha sporcata tutta.

Altre risate.

– La strega gliel'ha chiesta di nuovo. E lui le ha lanciato un'altra pera nel vomito di vacca.

Mi ha dato una gomitata. – Questa non c'è. Non vale. Non fare lo scemo.

Con mia sorella non si poteva cambiare neanche un po' la storia. – Allora…

Ma che facevano di là? Dovevano aver rotto un piatto. Ho alzato il tono. – Allora Pierino Pierone è sceso dall'albero e le ha dato la pera. La strega Bistrega lo ha preso e lo ha chiuso dentro un sacco e se lo è messo in spalla. Siccome Pierino Pierone mangiava i peperoni che sono pesanti, la strega non ce la faceva a portarlo e si doveva fermare ogni cinque minuti e a un certo punto doveva pure fare la pipí, ha lasciato il sacco e si è nascosta dietro un albero. Pierino Pierone con i denti ha tagliato la corda ed è uscito fuori e ci ha ficcato dentro un orsetto lavatore…

– Un orsetto lavatore?

Lo avevo detto apposta, per vedere se Maria li conosceva.

– Sí, un orsetto lavatore.

– Chi sono?

– Sono degli orsetti che se tu lasci i panni vicino al fiume loro arrivano e te li lavano.

– E dove stanno?

– Al Nord.

– E allora? – Maria sapeva che Pierino Pierone

nel sacco ci aveva messo una pietra, però non ha detto niente.

– La strega Bistrega ha ripreso il sacco e se l'è messo sulle spalle e quando è arrivata a casa ha detto a sua figlia: «Margherita Margheritone, vieni giú e apri il portone e prepara il pentolone per bollire Pierino Pierone». Margherita Margheritone ha messo l'acqua sul fuoco e la strega Bistrega ci ha vuotato il sacco dentro e l'orsetto lavatore è saltato fuori e ha cominciato a morderle tutte e due, è sceso nel cortile e ha cominciato a mangiarsi le galline, ha buttato tutta la spazzatura in aria. La strega si è arrabbiata moltissimo ed è uscita un'altra volta a cercare Pierino Pierone. Lo ha trovato e lo ha infilato nel sacco e non si è fermata in nessun posto. Quando è arrivata a casa ha detto a Margherita Margheritone: «Prendilo e chiudilo in cantina che domani ce lo mangiamo...»

Mi sono fermato.

Maria dormiva e quella era una brutta storia.

5

Il vecchio me lo sono ritrovato nel bagno il matti-
no dopo.

Ho aperto la porta e stava là che si faceva la barba, tutto curvo sul lavandino, con la testa appiccicata allo specchio e la cicca che gli pendeva dalle labbra. Addosso aveva una canottiera lisa e dei
mutandoni ingialliti da cui uscivano due trampoli
secchi e senza peli. Ai piedi portava degli stivaletti neri con la cerniera abbassata.

Aveva un odore aspro, nascosto dal talco e dal
dopobarba.

Si è girato verso di me e mi ha squadrato dall'alto in basso con gli occhi gonfi, una guancia coperta di schiuma e il rasoio in mano. – E tu chi sei?

Mi sono puntato un dito sul petto. – Io?

– Sí, tu.

– Michele… Michele Amitrano.

– Io sono Sergio. Buon giorno.

Ho allungato la mano. – Piacere –. Cosí a scuola mi avevano insegnato a rispondere.

Il vecchio ha pulito il rasoio nell'acqua. – Non
lo sai che si bussa prima di entrare in gabinetto?
Non te lo hanno insegnato i tuoi genitori?

– Mi scusi –. Volevo andarmene ma restavo lí
impalato. Un po' come quando vedi uno storpio e
cerchi di non guardarlo e non ce la fai.

Ha ricominciato a radersi il collo. – Sei il figlio di Pino?

– Sí.

Mi ha squadrato attraverso lo specchio. – Tu sei un tipo silenzioso?

– Sí.

– Mi piacciono i bambini silenziosi. Bravo. Vuol dire che non hai preso da tuo padre. E sei ubbidiente?

– Sí.

– Allora esci e chiudi la porta.

Sono corso da mamma. Stava in camera mia e toglieva le lenzuola dal letto di Maria. L'ho tirata per il vestito. – Mamma! Mamma, chi è quel vecchio nel bagno?

– Lasciami, Michele, che ho da fare. È Sergio, l'amico di tuo padre. Te l'aveva detto che veniva. Rimane qualche giorno a casa nostra.

– Perché?

Ha sollevato il materasso e lo ha rigirato. – Perché cosí tuo padre ha deciso.

– E dove dorme?

– Nel letto di tua sorella.

– E lei?

– Sta con noi.

– E io?

– Nel tuo letto.

– Che il vecchio dorme nella camera con me? Mamma ha preso un respiro. – Sí.

– La notte?

– Sei scemo? Che di giorno, forse?

– Non può starci Maria con quello? E io dormo con te.

– Non dire cretinate –. Ha cominciato a mettere le lenzuola pulite. – Vai fuori, ho da fare.

Mi sono gettato a terra e mi sono aggrappato alle sue caviglie. – Mamma, ti prego, per favore, non voglio dormire con quello là. Ti prego, voglio stare con te. Nel letto con te.

Ha sbuffato. – Non ci stiamo. Sei troppo grande.

– Mamma, ti prego. Mi metto in un angolo. Mi faccio piccolo piccolo.

– Ho detto di no.

– Ti prego, – ho cominciato a implorare. – Ti prego. Sarò buono. Vedrai.

– Piantala –. Mi ha rimesso in piedi e mi ha guardato negli occhi. – Michele, non so piú che fare con te. Perché non ubbidisci mai? Io non ce la faccio piú. Abbiamo tanti di quei problemi e ti ci metti pure tu. Tu non capisci. Per favore...

Ho scosso la testa. – Non voglio. Non ci voglio dormire con quello. Non ci dormo, io.

Ha tolto la federa dal cuscino. – Le cose stanno cosí. Se non ti va bene, dillo a tuo padre.

– Ma quello mi porta via...

Mamma ha smesso di rifare il letto e si è voltata. – Che hai detto? Ripeti.

Ho sussurrato. – Mi porta via...

Mi ha scrutato con i suoi occhi neri. – Che vuoi dire?

– Voi volete che mi porti via... Tu mi odî. Sei cattiva. Tu e papà mi odiate. Io lo so.

– Chi te le dice queste cose? – Mi ha afferrato per un braccio ma io mi sono divincolato e sono fuggito.

Scendevo le scale e sentivo che mi chiamava.

– Michele! Michele, torna qua!

– Io non ci dormo. No, io non ci dormo con quello.

Sono scappato al torrente e mi sono arrampicato sul carrubo.

Io con quel vecchio non ci avrei dormito mai. Aveva preso Filippo. E appena mi addormentavo prendeva pure me. Mi infilava in un sacco e via.

E poi mi tagliava le orecchie.

Ma si poteva vivere senza orecchie? Non si moriva? Io alle mie orecchie ci tenevo. A Filippo, papà e il vecchio dovevano avergliele già tagliate. Mentre io ero sul mio albero, lui, nel suo buco, non aveva piú orecchie.

Chissà se gli avevano bendato la testa?

Dovevo andare. E dovevo raccontargli di sua madre, che gli voleva ancora bene e che lo aveva detto alla televisione, cosí tutti lo sapevano.

Ma avevo paura, se alla casa ci trovavo papà e il vecchio?

Ho guardato l'orizzonte. Il cielo era piatto, grigio e pesava sui campi di grano. La collina era laggiú, gigante, velata dal calore.

Se sto attento non mi vedono, mi sono detto.

– O partigiano, portami via, che mi devon seppellir. O partigiano, portami via. O bella ciao ciao ciao –. Ho sentito una voce che cantava.

Ho guardato giú. Barbara Mura trascinava Togo, gli aveva legato uno spago intorno al collo e lo tirava verso l'acqua. – La mamma ora ti fa il bagnetto. Sarai tutto pulito. Sei contento? Sí, che sei contento –. Ma Togo non sembrava contento. Culo a terra, puntava le zampe e agitava la testa cercando di liberarsi dal cappio. – Sarai bellissimo. E ti porterò a Lucignano. Andremo a prendere il gelato e ti comprerò il guinzaglio –. Lo ha afferrato, lo ha baciato, si è sfilata i sandali, ha fatto un paio di passi nell'acquitrino e lo ha immerso in quella melma fetente.

Togo ha cominciato a divincolarsi ma Barbara lo teneva bloccato per la collottola e la coda. Lo ha spinto sott'acqua. L'ho visto scomparire nel fango.

Ha ripreso a canticchiare. – Una mattina mi son svegliata. O bella ciao! Bella ciao! Bella ciao ciao ciao!

Non lo tirava piú fuori.

Lo voleva ammazzare.

Ho urlato. – Che fai? Mollalo!

Barbara ha fatto un salto e per poco non è finita in acqua. Ha lasciato il cane che è riemerso e ha arrancato fino a riva.

Con un balzo sono sceso dall'albero.

– E tu che ci fai qua? – mi ha chiesto Barbara tutta stizzita.

– Che gli stavi facendo?

– Niente. Lo lavavo.

– Non è vero. Tu lo volevi ammazzare.

– No!

– Giuralo.

– Te lo giuro su Dio e tutti i santi! – Si è messa una mano sul cuore. – Le zecche e le pulci se lo mangiano. Per questo gli facevo il bagno.

Non sapevo se crederle.

Ha acchiappato Togo che stava su un sasso e scodinzolava felice. Si era già scordato la brutta esperienza. – Guarda, se dico la verità –. Gli ha sollevato un orecchio.

– Oddio che schifo!

Tutto intorno e dentro il padiglione pullulava di zecche. Faceva venire il voltastomaco. Con quelle loro testine affondate nella pelle, con le loro zampette nere e il ventre marrone scuro, gonfio e tondo come un ovetto di cioccolata.

– Hai visto? Gli succhiano il sangue.

Ho storto il naso. – E con il fango se ne vanno?

– Alla televisione Tarzan ha detto che gli elefanti si fanno il bagno nel fango per levarsi gli animaletti di dosso.

– Ma Togo non è un elefante.

– Che c'entra? È sempre un animale.

– Secondo me bisogna tirargliele via, – ho detto. – Con il fango non se ne vanno.

– E come?

– Con le mani.

– E chi lo fa? A me fa senso.

– Ci provo io –. Con due dita ne ho presa una bella gonfia, ho chiuso gli occhi e ho tirato forte. Togo ha mugolato, ma il mostro è venuto via. L'ho messo su un sasso e l'abbiamo osservato. Agitava le zampette ma non riusciva a muoversi per quanto era gonfio di sangue.

– Muori, vampiro! Muori! – Barbara l'ha schiacciato con una pietra trasformandolo in un impiastro rosso.

Gliene ho staccate come minimo una ventina. Barbara mi teneva il cane fermo. Dopo un po' mi sono stufato. Anche Togo non ce la faceva piú. Guaiva appena lo sfioravo. – Le altre gliele leviamo un altro giorno. Va bene?

– Va bene –. Barbara si è guardata in giro. – Io me ne vado. Tu che fai?

– Resto un altro po' qui –. Appena si allontanava, prendevo la Scassona e andavo da Filippo.

Ha rimesso lo spago intorno al collo di Togo.

– Allora ci vediamo dopo? – ha detto mentre si avviava.

– Sí.

Si è fermata. – C'è uno a casa tua. Con quella macchina grigia. È un tuo parente?

– No.

– Oggi è venuto pure a casa mia.

– Che voleva?

– Non lo so. Parlava con papà. Poi sono partiti. Mi sa che c'era pure tuo padre. Sulla macchinona.

E certo. Andavano a tagliare le orecchie a Filippo.

Ha fatto una smorfia e mi ha domandato: – A te quello là piace?

– No.

– A me nemmeno.

È rimasta in silenzio. Sembrava che non se ne volesse piú andare. Si è girata e ha sussurrato un grazie.

– Per cosa?

– Per l'altro giorno… Quando hai fatto la penitenza al posto mio.

Ho alzato le spalle. – Niente.

– Senti… – È diventata tutta rossa. Mi ha guardato per un secondo e ha detto: – Ti vorresti fidanzare con me?

La faccia mi è diventata bollente. – Come?

Si è piegata a carezzare Togo. – Fidanzarci.

– Io e te?

– Sí.

Ho abbassato la testa e mi sono guardato la punta dei piedi. – Ecco… Non tanto.

Ha lasciato andare un sospiro trattenuto. – Non fa niente. Non abbiamo neanche gli stessi anni –. Si è passata la mano tra i capelli. – Ciao, allora.

– Ciao.

Se n'è andata tirandosi dietro Togo.

Mi è venuta paura delle vipere, cosí, all'improvviso.

Fino a quel giorno, quando salivo sulla collina, non ci avevo pensato mai alle vipere.

Continuava a balenarmi davanti l'immagine di quel bracco che ad aprile era stato morso sul naso da una vipera. La povera bestia era stesa in un angolo del capannone, ansimante, con l'occhio fisso, la schiuma bianca sulle gengive e la lingua di fuori.

– Oramai non c'è piú niente da fare –. Aveva detto il padre del Teschio. – Il veleno gli è entrato nel cuore.

Stavamo tutti in cerchio a guardarlo.

– Portiamolo a Lucignano. Dal dottore degli animali, – avevo proposto.

– Soldi buttati. È un ladro quello, gli fa una siringa d'acqua e ti ridà il cane morto. Andate via, forza, lasciatelo morire in pace –. Ci aveva spinti fuori. Maria si era messa a piangere.

Attraversavo il grano e mi sembrava di vedere serpenti strisciare dappertutto. Saltavo come una quaglia e con una mazza menavo gran colpi per terra, era un fuggi fuggi di grilli e cavallette. Il sole picchiava in testa e sul collo, non c'era un alito di vento e in lontananza la pianura era tutta sfocata.

Quando sono arrivato al margine della valle ero sfinito. Un po' d'ombra e una bevuta d'acqua era quello che ci voleva, mi sono avviato nel boschetto.

Ma c'era qualcosa di diverso dal solito. Mi sono fermato.

Sotto gli uccelli, i grilli e le cicale si sentiva della musica.

Mi sono precipitato dietro un tronco.

Da lí non riuscivo a vedere niente, ma sembrava che la musica veniva dalla casa.

Dovevo andarmene via di corsa, ma la curiosità mi spingeva a dare un'occhiata. Se facevo attenzione, se rimanevo tra gli alberi, non mi vedevano. Nascondendomi tra le querce mi sono avvicinato allo spiazzo.

La musica era piú forte. Era una canzone famosa. L'avevo sentita un sacco di volte. La cantava una donna bionda con un signore elegante. Li avevo visti alla televisione. Mi piaceva quella canzone.

C'era un masso coperto da ciuffi verdi di muschio proprio al limitare della radura, un buon riparo, ci sono strisciato dietro.

Ho allungato la testa e ho spiato.

Parcheggiata davanti alla casa c'era la 127 di Felice, con le portiere e il bagagliaio aperti. La musica veniva dall'autoradio. Si sentiva male, gracchiava.

Felice è uscito dalla stalla. Era in slip. Ai piedi aveva gli anfibi e intorno al collo il solito fazzoletto nero. Ballava a braccia spalancate e ancheggiava come una danzatrice del ventre.

– Non cambi mai, non cambi mai, non cambi mai… – Cantava in falsetto, insieme alla radio.

Poi si fermava e con voce grave continuava.

– Tu sei il mio ieri, il mio oggi. Il mio sempre. Inquietudine.

E da femmina. – Adesso, ormai, ci puoi provare. Chiamami tormento, dài. Già che ci sei.

Ha indicato qualcuno. – Tu sei come il vento che porta i violini e le rose.

– Parole, parole, parole…

– Ascoltami.

– Parole, parole, parole…

– Ti prego.

Era molto bravo. Faceva tutto da solo. Maschio e femmina. E quando era uomo faceva il duro. Occhio a mezz'asta e bocca socchiusa.

– Parole, parole, parole…

– Io ti giuro.

Poi si è buttato a terra, nella polvere, e ha cominciato a fare le flessioni. Con due braccia, con una, con lo schiaffo, e cantava tutto contratto.

– Parole, parole, parole, parole, parole, soltanto parole, parole tra noi.

Me ne sono andato.

Ad Acqua Traverse si giocava a un due tre stella.

Il Teschio, Barbara e Remo erano fermi, sotto il sole, in strane posizioni.

Salvatore, con la testa contro il muro, ha urlato. – Un, due, tre, stellaaa! – Si è girato e ha visto il Teschio.

Il Teschio esagerava sempre, invece di fare tre passi ne faceva quindici e veniva beccato. Poi non ci stava. Tu gli dicevi che lo avevi visto, ma lui non ti stava a sentire. Per lui tutto il mondo barava. Lui no, lui era un santo. E se gli dicevi qualcosa cominciava a prenderti a spinte. In un modo o nell'altro vinceva sempre. Pure con le bambole avrebbe fatto in modo di vincere.

Sono passato tra le case pedalando piano. Ero stanco e arrabbiato. Non ero riuscito a dire a Filippo di sua mamma.

Il camion di papà era posteggiato sotto casa, accanto al macchinone grigio del vecchio.

Avevo fame. Ero scappato senza fare colazione. Ma non mi andava tanto di salire.

Il Teschio mi si è avvicinato. – Dov'eri sparito?

– A fare un giro.

– Te ne stai sempre per conto tuo. Dove vai? – Non gli piaceva quando ti facevi gli affari tuoi.

– Al torrente.

Mi ha squadrato sospettoso. – A che fare?

Ho sollevato le spalle. – Niente. Sull'albero.

Ha fatto la faccia schifata di uno che si è mangiato una mela marcia.

Togo è arrivato e ha cominciato a mordermi la ruota della bicicletta.

Il Teschio gli ha mollato un calcio. – Vai via, cagnaccio. Buca i copertoni con quei denti di merda.

Togo è scappato da Barbara che stava seduta sul muretto e le è saltato in braccio. Barbara mi ha salutato. Ho risposto con un cenno della mano.

Il Teschio ha osservato la scena. – Che sei diventato amico della cicciona?

– No...

Mi ha squadrato per capire se dicevo la verità.

– No, te lo giuro!

Si è rilassato. – Ah, ecco. Ti va di fare una partita a pallone?

Non mi andava, ma dirgli di no era pericoloso. – Non fa troppo caldo?

Mi ha afferrato il manubrio. – Tu stai facendo un po' lo stronzo, lo sai?

Ho avuto paura. – Perché? – Il Teschio poteva improvvisamente storcersi e decidere di tirarti giú dalla bicicletta e prenderti a botte.

– Perché sí.

Per fortuna è apparso Salvatore. Faceva rimbalzare il pallone sulla testa. Poi lo ha stoppato con il piede e se l'è messo sotto il braccio. – Ciao, Michele.

– Ciao.

Il Teschio gli ha domandato. – Ti va di giocare?

– No.

Il Teschio si è indispettito. – Siete due merdosi! Allora, sapete che faccio? Me ne vado a Lucignano –. E se n'è andato tutto incazzato.

Ci siamo messi a ridere, poi Salvatore mi ha detto: – Vado a casa. Vuoi venire da me che giochiamo a Subbuteo?

– Non mi va tanto.

Mi ha dato una pacca sulle spalle. – Va bene. Allora ci vediamo dopo. Ciao –. Si è allontanato palleggiando.

Salvatore mi piaceva. Mi piaceva come rimaneva sempre tranquillo e non si offendeva ogni cinque minuti. Con il Teschio prima di dire una cosa dovevi pensarci tre volte.

Ho pedalato fino alla fontana.

Maria aveva preso la bacinella smaltata e la usava come piscina per le Barbie.

Ne aveva due, una normale e una tutta nera con un braccio squagliato e senza capelli.

Ero stato io a ridurla cosí. Una sera avevo visto alla televisione la storia di Giovanna d'Arco e avevo acchiappato la Barbie e l'avevo gettata nel fuoco urlando: – Brucia! Strega! Brucia! – Quando mi ero accorto che bruciava veramente, l'avevo afferrata per un piede e l'avevo buttata dentro la pentola del minestrone.

Mamma mi aveva levato la bicicletta per una settimana e mi aveva obbligato a mangiarmi tutto il minestrone da solo. Maria aveva implorato di comprargliene un'altra. – Alla tua festa. Per ora gioca con questa. Prenditela con quell'idiota di tuo fratello –. E Maria si era adattata. La Barbie bella si chiamava Paola e quella bruciata Poverella.

– Ciao, Maria, – le ho detto smontando dalla bicicletta.

Si è messa una mano sulla fronte per ripararsi dal sole. – Papà ti ha cercato… Mamma è arrabbiata.

– Lo so.

Ha preso Poverella e l'ha messa nella piscina. – La fai sempre arrabbiare.

– Io vado su.

– Papà ha detto che deve parlare con Sergio e non vuole che stiamo in mezzo.

– Ma io ho fame…

Ha preso un'albicocca dalla tasca dei pantaloni. – La vuoi?

– Sí –. Era calda e moscia, ma l'ho divorata e ho sputato l'osso lontano.

Papà è uscito sul terrazzino, mi ha visto e mi ha chiamato. – Michele, vieni qua –. Era in camicia e pantaloncini.

Non ci volevo parlare. – Non posso, ho da fare!

Mi ha fatto segno di salire su. – Vieni qua.

Ho poggiato la bicicletta contro il muro e ho salito le scale a testa bassa, rassegnato.

Papà si è seduto sull'ultimo gradino. – Mettiti qui, vicino a me –. Ha tirato fuori un pacchetto di Nazionali dalla tasca della camicia, ha preso una sigaretta, l'ha infilata nel bocchino e se l'è accesa.

– Dobbiamo parlare io e te.

Non mi sembrava tanto arrabbiato.

Siamo rimasti in silenzio. A guardare, oltre i tetti, i campi gialli.

– Fa caldo, eh? – mi ha chiesto.

– Molto.

Ha cacciato una nuvola di fumo. – Dove te ne vai tutto il giorno, si può sapere?

– Da nessuna parte.

– Non è vero. Da qualche parte vai.

– A fare dei giretti qui intorno.

– Da solo?

– Sí.

– Che c'è? Non ti piace stare con gli amici tuoi?

– No, mi piace. È che mi piace pure stare da solo.

Ha fatto segno di sí con la testa, gli occhi persi nel vuoto. L'ho guardato. Sembrava piú vecchio, tra i capelli neri ne spuntava qualcuno bianco, le guance gli si erano scavate e sembrava che non dormiva da una settimana.

– Hai fatto arrabbiare tua madre.

Ho strappato un rametto di rosmarino da un vaso e ho cominciato a rigirarmelo tra le mani. – Non l'ho fatto apposta.

– Ha detto che non vuoi dormire con Sergio.

– Non mi va…

– E perché?

– Perché voglio dormire con voi. Nel vostro letto. Tutti insieme. Se ci stringiamo, c'entriamo.

– Sergio che penserà se non dormi con lui?

– Non m'importa.

– Non si trattano cosí gli ospiti. Immagina se tu vai a stare da qualcuno e nessuno vuole dormire con te. Che penseresti?

– Non m'importerebbe, io vorrei una stanza tutta per me. Come all'albergo.

Ha accennato un sorriso e con due dita ha lanciato il mozzicone in strada.

Gli ho chiesto: – Sergio è il tuo capo? Per questo deve stare da noi?

Mi ha guardato sorpreso. – Come è il mio capo?

– Sí, decide lui le cose.

– No, non decide niente. È un mio amico.

Non era vero. Il vecchio non era suo amico, era il suo capo. Io lo sapevo. Poteva dirgli pure le male parole.

– Papà, ma tu dove dormi quando vai al Nord?

– Perché?

– Cosí.

– In albergo, dove capita, a volte nel camion.

– Ma di notte al Nord che succede?

Mi ha guardato, ha preso un respiro con il naso e mi ha chiesto: – Che c'è? Non sei contento che sono tornato?

– Sí.

– Di' la verità.

– Sí, sono contento.

– Mi ha stretto tra le braccia, forte. Sentivo il suo sudore. Mi ha sussurrato in un orecchio: – Stringimi, Michele, stringimi! Fammi sentire quanto sei forte.

L'ho abbracciato piú forte che potevo e mi veniva da piangere. Le lacrime mi scendevano e mi si stringeva la gola.

– Che fai, piangi?

Ho singhiozzato. – No, non piango.

Ha tirato fuori dalla tasca un fazzoletto stropicciato. – Asciugati quelle lacrime, che se qualcuno ti vede fai la figura della femmina. Michele, in questi giorni ho molto da fare e quindi devi ubbidire. Tua madre è stanca. Piantala con questi capricci. Se fai il bravo, appena finisco ti porto a mare. Andiamo sul pedalò.

Ho rantolato. – Che è il pedalò?

– È una barca che invece dei remi ha i pedali come una bicicletta.

Mi sono asciugato le lacrime. – Ci si può andare fino in Africa?

– Devi pedalare per arrivare in Africa.

– Io voglio andare via da Acqua Traverse.

– Che c'è, non ti piace piú?

Gli ho ridato il fazzoletto. – Andiamo al Nord.

– Perché te ne vuoi andare?

– Non lo so... Non mi piace piú stare qua.

Ha guardato lontano. – Ci andremo.

Ho strappato un altro rametto di rosmarino. Aveva un buon odore. – Tu li conosci gli orsetti lavatori?

Ha aggrottato le sopracciglia. – Gli orsetti lavatori?

– Sí.

– No, che sono?

– Niente... Sono degli orsi che lavano i panni... Ma forse non esistono.

Papà si è rimesso in piedi e si è sgranchito la schiena. – Aahh! Senti, io torno in casa, devo parlare con Sergio. Perché non vai a giocare che tra un po' mangiamo? – Ha aperto la porta e stava per entrare, ma si è fermato. – Mamma ha preparato le tagliatelle. Dopo, chiedile scusa.

In quel momento è arrivato Felice. Ha inchiodato la 127 in una nuvola di polvere ed è sceso come se dentro ci fosse uno sciame di vespe.

– Felice! – ha urlato papà. – Sali su un attimo.

Felice ha fatto segno di sí e quando mi è passato vicino mi ha dato un colpo sulla nuca e ha detto: – Come stai, fessacchiotto?

Ora da Filippo non c'era nessuno.

Il secchio con la merda era pieno. Il pentolino dell'acqua vuoto.

Filippo teneva la testa avvolta nella coperta. Non si era neanche accorto che ero sceso nel buco.

La caviglia mi sembrava peggiorata, era più gonfia e viola. Le mosche ci si avventavano sopra.

Mi sono avvicinato. – Ehi? – Non dava segno di avermi sentito. – Ehi? Mi senti? – Mi sono avvicinato di più. – Mi senti?

Ha sospirato. – Sí.

Allora papà non gli aveva tagliato le orecchie.

– Ti chiami Filippo, vero?

– Sí.

Me l'ero preparata durante la strada. – Sono venuto a dirti una cosa molto importante. Allora... Tua madre dice che ti vuole bene. E dice che le manchi. Lo ha detto ieri alla televisione. Al telegiornale. Ha detto che non ti devi preoccupare... E che non vuole solo le tue orecchie, ma ti vuole tutto.

Niente.

– Mi hai sentito?

Niente.

Ho ripetuto. – Allora... Tua madre dice che ti vuole bene. E dice che le manchi. Lo ha detto ieri alla televisione. Ha detto che non ti devi preoccupare... E che non vuole solo le tue orecchie.

– La mia mamma è morta.

– Come è morta?

Da sotto la coperta ha risposto. – La mia mamma è morta.

– Ma che dici? È viva. L'ho vista io, alla televisione...

– No, è morta.

Mi sono messo una mano sul cuore. – Te lo giuro sulla testa di mia sorella Maria che è viva. L'ho vista ieri notte, era in televisione. Stava bene. È bionda. È magra. È un po' vecchia… È bella, però. Era seduta su una poltrona alta, marrone. Grande. Come quella dei re. E dietro c'era un quadro con una nave. È vero o no?

– Sí. Il quadro con la nave… – Parlava piano, le parole erano soffocate dalla stoffa.

– E hai un trenino elettrico. Con la locomotiva con il fumaiolo. L'ho visto.

– Non ce l'ho piú. Si è rotto. La tata l'ha buttato via.

– La tata? Chi è la tata?

– Liliana. È morta anche lei. Anche Peppino è morto. E papà è morto. E nonna Arianna è morta. E mio fratello è morto. Sono tutti morti. Sono tutti morti e vivono in buchi come questo. E in uno ci sono io. Tutti quanti. Il mondo è un posto pieno di buchi dove dentro ci sono i morti. E anche la luna è una palla tutta piena di buchi e dentro ci sono altri morti.

– Non è vero –. Gli ho poggiato una mano sulla schiena. – Non si vede niente. La luna è normale. E tua madre non è morta. L'ho vista io. Mi devi stare a sentire.

È rimasto un po' zitto, poi mi ha chiesto: – Allora perché non viene qui?

Ho scosso la testa. – Non lo so.

– Perché non viene a prendermi?

– Non lo so.

– E perché io sto qui?

– Non lo so –. Poi ho detto, cosí piano che non poteva sentirmi: – Mio papà ti ci ha messo qua.

Mi ha dato un calcio. – Tu non sai niente. Lasciami in pace. Tu non sei l'angelo custode. Tu sei cattivo. Vattene –. E si è messo a piangere.

Non sapevo che fare. – Io non sono cattivo. Io non c'entro niente. Non piangere, per favore.

Ha continuato a scalciare. – Vattene. Vattene via.

– Ascoltami…

– Vai via!

Sono scattato in piedi. – Io sono venuto fino a qua per te, ho fatto tutta la strada, due volte, e tu mi cacci via. Va bene, io me ne vado, ma se me ne vado non torno piú. Mai piú. Rimarrai qui, da solo, per sempre e ti taglieranno tutte e due le orecchie –. Ho afferrato la corda e ho cominciato a risalire. Lo sentivo piangere. Sembrava che stesse soffocando.

Sono uscito dal buco e gli ho detto: – E non sono il tuo angelo custode!

– Aspetta…

– Che vuoi?

– Rimani…

– No. Hai detto che me ne devo andare e ora me ne vado.

– Ti prego. Rimani.

– No!

– Ti prego. Solo per cinque minuti.

– Va bene. Cinque minuti. Ma se fai il pazzo me ne vado.

– Non lo faccio.

Sono sceso giú. Mi ha toccato un piede.

– Perché non esci da quella coperta? – gli ho domandato e mi sono rannicchiato vicino a lui.

– Non posso, sono cieco…

– Come sei cieco?

– Gli occhi non si aprono. Voglio aprirli ma rimangono chiusi. Al buio ci vedo. Al buio non sono cieco –. Ha avuto un'esitazione. – Lo sai, me lo avevano detto che tornavi.

– Chi?

– Gli orsetti lavatori.

– Basta con questi orsetti lavatori! Papà mi ha detto che non esistono. Hai sete?

– Sí.

Ho aperto la cartella e ho tirato fuori la bottiglia. – Ecco.

– Vieni –. Ha sollevato la coperta.

Ho fatto una smorfia. – Lí sotto? – Mi faceva un po' schifo. Ma cosí potevo vedere se aveva ancora le orecchie al loro posto.

Ha cominciato a toccarmi. – Quanti anni hai? – Mi passava le dita sul naso, sulla bocca, sugli occhi.

Ero paralizzato. – Nove. E tu?

– Nove.

– Quando sei nato?

– Il dodici settembre. E tu?

– Il venti novembre.

– Come ti chiami?

– Michele. Michele Amitrano. Tu che classe fai?

– La quarta. E tu?

– La quarta.

– Uguale.

– Uguale.

– Ho sete.

Gli ho dato la bottiglia.

Ha bevuto. – Buona. Vuoi?

Ho bevuto pure io. – Posso alzare un po' la coperta? – Stavo crepando di caldo e di puzza.

– Poco.

L'ho tirata via quel tanto che bastava a prendere aria e a guardargli la faccia.

Era nera. Sudicia. I capelli biondi e sottili si erano impastati con la terra formando un groviglio duro e secco. Il sangue rappreso gli aveva sigillato le palpebre. Le labbra erano nere e spaccate. Le narici otturate dal moccio e dalle croste.

– Posso lavarti la faccia? – gli ho domandato.

Ha allungato il collo, ha sollevato la testa e un sorriso si è aperto sulle labbra martoriate. Gli erano diventati tutti i denti neri.

Mi sono tolto la maglietta e l'ho bagnata con l'acqua e ho cominciato a pulirgli sul viso.

Dove passavo rimaneva la pelle bianca, cosí bianca che sembrava trasparente, come la carne di un pesce bollito. Prima sulla fronte, poi sulle guance.

Quando gli ho bagnato gli occhi ha detto: – Piano, fa male.

– Faccio piano.

Non riuscivo a sciogliere le croste. Erano dure e spesse. Ma sapevo che erano come le croste dei cani. Quando gliele stacchi i cani riprendono a vedere. Ho continuato a bagnargliele, ad ammorbidirle fino a quando una palpebra si è sollevata e subito si è richiusa. Un istante solo, sufficiente perché un raggio di luce gli ferisse l'occhio.

– Aaahhhaa! – ha urlato e ha infilato la testa nella coperta come uno struzzo.

L'ho sbatacchiato. – Lo vedi? Lo vedi? Non sei cieco! Non sei cieco per niente!

– Non posso tenerli aperti.

– È perché stai sempre al buio. Però ci vedi, vero?

– Sí! Sei piccolo.

– Non sono piccolo. Ho nove anni.

– Hai i capelli neri.

– Sí.

Era molto tardi. Dovevo tornare a casa. – Ora però devo andare. Domani torno.

Con la testa sotto la coperta ha detto: – Promesso?

– Promesso.

Quando il vecchio è entrato nella mia camera
mi stavo organizzando per fregare i mostri.

Da piccolo sognavo sempre i mostri. E anche
ora, da adulto, ogni tanto, mi capita, ma non riesco piú a fregarli.

Aspettavano solo che mi addormentassi per im-
paurirmi.

Fino a quando, una notte, ho inventato un si-
stema per non fare brutti sogni.

Ho trovato un posto dove rinchiudere quegli
esseri deformi e spaventosi e dormire sereno.

Mi rilassavo e aspettavo che le palpebre diven-
tassero pesanti e quando stavo per cadere addormentato, proprio in quel momento esatto, mi immaginavo di vederli camminare, tutti insieme, su
per una salita. Come nella processione della Madonna di Lucignano.

La strega Bistrega gobba e rugosa. Il lupo mannaro a quattro zampe, con i vestiti strappati e le
zanne bianche. L'uomo nero, un'ombra che scivolava come una serpe tra le pietre. Lazzaro, un man-
giacadaveri divorato dagli insetti e avvolto da una
nube di mosche. L'orco, un gigante con gli occhi
piccoli e il gozzo, le scarpe enormi e un sacco sulle
spalle pieno di bambini. Gli zingari, delle specie di
volpi che camminavano su zampe di gallina. L'uomo con il cerchio, un tipo con una tuta blu elettrico e un cerchio di luce che poteva lanciare lonta-
nissimo. L'uomo pesce che viveva nelle profondità
del mare e reggeva la madre sulle spalle. Il bambi-

no polpo, nato con i tentacoli al posto delle gambe e delle braccia.

Avanzavano tutti insieme. Verso un posto imprecisato. Erano terrificanti. E infatti nessuno si fermava a guardarli.

A un tratto appariva un pullman, tutto dorato, con i campanelli e le lucette colorate. Sul tetto c'era un megafono che strillava. «Signore e signori, salite sul pullman dei desideri! Salite su questo pullman magnifico che vi porterà tutti al circo senza tirare fuori una lira! Oggi gratis al circo! Salite! Salite!»

I mostri, felici di quella insperata occasione, salivano sul pullman. A quel punto m'immaginavo che la mia pancia si apriva, un lungo taglio si spalancava e loro ci entravano dentro tutti tranquilli.

Quegli scemi credevano che era il circo. Io richiudevo la ferita e loro rimanevano fregati. Ora bastava addormentarsi con le mani sulla pancia per non fare brutti sogni.

Li avevo appena intrappolati, quando il vecchio è entrato, mi sono distratto, ho tolto le mani e loro sono fuggiti. Ho chiuso gli occhi e ho fatto finta di dormire.

Il vecchio faceva un sacco di rumori. Trafficava nella valigia. Tossiva. Soffiava.

Mi sono coperto la testa con un braccio e ho guardato che combinava.

Un raggio di luce rischiarava uno spicchio di stanza. Il vecchio stava seduto sul letto di Maria. Secco, gobbo e scuro. Fumava. E quando aspirava vedevo quel naso a becco e gli occhi incavati tingersi di rosso. Sentivo l'odore del fumo e l'odore della colonia. Ogni tanto faceva no con la testa. Poi sbuffava come se stesse litigando con qualcuno.

Ha incominciato a spogliarsi. Si è tolto gli stivaletti, le calze, i pantaloni, la camicia. È rimasto in mutande. Aveva la pelle flaccida, appesa a quelle ossa lunghe come se l'avessero cucita sopra. Ha buttato la sigaretta dalla finestra. La cicca è scomparsa nella notte, come un lapillo infuocato. Si è sciolto i capelli e sembrava un vecchio Tarzan malato. Si è sdraiato sul letto.

Ora non lo vedevo piú, ma era vicino. A meno di mezzo metro dai miei piedi. Se allungava un braccio mi acchiappava una caviglia. Mi sono chiuso come un riccio.

Non dovevo dormire. Se mi addormentavo mi poteva prendere. Dovevo inventarmi qualcosa. Mettermi i chiodi nel letto. Cosí non avrei dormito.

Si è raschiato la gola. – Si schiatta di caldo qua dentro. Come fai a starci?

Ho smesso di respirare.

– Lo so che non stai dormendo.

Mi voleva fregare.

– Sei un furbetto tu… Non ti piaccio, eh?

No, non mi piaci! Avrei voluto rispondere. Ma non potevo. Stavo dormendo. E anche da sveglio non avrei mai avuto il coraggio di dirglielo.

– Pure ai miei figli non piacevo –. Ha raccolto da terra una bottiglia che mamma aveva messo apposta per lui e ha preso un paio di sorsi. – È calda come piscio, – si è lamentato. – Due ne avevo. Uno è vivo, ma è come se fosse morto. L'altro è morto, ma è come se fosse vivo. Quello vivo si chiama Giuliano. È piú grande di te. Non vive piú in Italia. Se n'è andato. In India… Cinque anni fa. Sta in una comunità. Gli hanno riempito il cervello di stronzate. Si è rapato. Si veste tutto di arancione e si crede indiano pure lui. E crede che si vive un sacco di volte. Si droga come un cane e ci morirà come un cane, là. Certo io non vado laggiú a riprenderlo...

Gli è venuto un attacco di tosse. Secca. Spacca polmoni. Ha ripreso fiato e ha continuato. – Francesco è morto cinque anni fa. A ottobre farebbe trentadue anni. Quello sí che era bravo, a lui gli volevo bene –. Si è acceso un'altra sigaretta. – Un giorno ha conosciuto una. L'ho vista e non mi è piaciuta. Da subito. Diceva che faceva l'insegnante di ginnastica. Una troietta... Una biondina secca... mezza slava. Gli slavi sono i peggiori. Me lo ha incartato come una caramella. Era una poveraccia e ha visto Francesco e gli si è attaccata perché Francesco è un bravo ragazzo, generoso, uno che alla fine si faceva prendere in giro da tutti. Chissà cosa cazzo gli ha fatto per riscemirlo cosí. Dopo mi hanno raccontato che quella troia intrallazzava con una specie di mago. Un pezzo di merda che gli deve aver lanciato una fattura. Quei due insieme lo hanno fottuto. Me lo hanno indebolito. S'era smagrito. Era un ragazzone forte, è diventato uno scheletro, non si reggeva piú in piedi. Un giorno viene e dice che si sposa. Non c'è stato niente da fare. Io ci ho provato a dirgli che quella lo rovinava, ma alla fine la vita era la sua. Si sono sposati. Sono partiti per il viaggio di nozze in macchina. Andavano a Positano e ad Amalfi, sulla costiera. Passano due giorni e non chiama. È normale, dico, stanno in viaggio di nozze. Chiamerà. E invece chi chiama? Il commissariato di Sorrento. Dicono che devo andare subito là. Gli chiedo perché. Non me lo possono dire per telefono. Devo andare là se lo voglio sapere. Mi di-

cono che è per mio figlio. Io come cazzo ci andavo? Io non ci potevo andare. Se facevano un con-
trollo ero finito. Mi cercavano perché non mi ero
presentato alla condizionale. Mi rimettevano dentro. Li ho fatti chiamare da uno che conoscevo.
Uno ammanicato. E quello mi dice che mio figlio
è morto. Come è morto? E quello mi dice che si è
ammazzato, che si è buttato giú da un dirupo. Che
ha fatto un volo di duecento metri e si è schiantato sulle rocce. Mio figlio? Francesco che si ammazzava? Mi volevano prendere per il culo? Io
non ci potevo andare. Allora ho mandato quella
deficiente di sua madre a vedere che era successo.

– Che era successo? – mi è scappato.

– Secondo loro Francesco si è fermato lungo la
strada a guardare il panorama, lei stava in macchina, lui le ha fatto una fotografia poi ha scavalcato il muretto e si è buttato di sotto. Uno fa una
foto alla moglie e poi si butta di sotto? Dice che
lo hanno trovato spiaccicato, con l'uccello fuori
dai pantaloni e la macchina fotografica al collo. Secondo te uno che si vuole ammazzare, fa una foto, si tira fuori l'uccello e si butta di sotto? Ma che
stronzata è? Io lo so come è andata la cosa... Altro che panorama. Francesco si è fermato perché
doveva pisciare. Non la voleva fare in mezzo alla
strada. È un giovane educato. Ha scavalcato il muretto e si è liberato e quella troia lo ha spinto giú.
Ma nessuno mi crede. Una spinta e via. Ammazzato.

– E perché?

– Bravo. Perché? Non lo so. Non ci aveva una
lira. Non lo so proprio. Non ci dormo la notte. Ma
la stronza l'ha pagata... Le ho... Vabbe', lasciamo
perdere, che è tardi. Buona notte.

Ha buttato la sigaretta dalla finestra e si è messo a dormire e dopo due minuti dormiva e dopo tre russava.

6

Quando mi sono svegliato il vecchio non c'era piú. Aveva lasciato il letto disfatto, un pacchetto di Dunhill accartocciato sul davanzale, le mutande per terra e la bottiglia d'acqua mezza vuota.

Era caldo. Le cicale strillavano.

Mi sono alzato e ho guardato in cucina. Mamma stirava e ascoltava la radio. Mia sorella giocava a terra. Ho chiuso la porta.

La valigia del vecchio era sotto il letto. L'ho aperta e ho guardato dentro.

Vestiti. Una boccetta di profumo. Una bottiglia di Stock 84. Una stecca di sigarette. Una cartellina con dentro un mazzetto di fotografie. La prima era di un ragazzo alto e magro, vestito con una tuta blu da meccanico. Sorrideva. Assomigliava al vecchio. Francesco, quello che si era buttato di sotto con l'uccello di fuori.

Nella cartellina c'erano anche dei ritagli di giornale. Parlavano della morte di Francesco. C'era pure una foto di sua moglie. Sembrava una ballerina della televisione. Ho trovato anche un quaderno di scuola a righe con la copertina di plastica colorata. L'ho aperto. Nella prima pagina c'era scritto: questo quaderno appartiene a Filippo Carducci. Quarta C.

Le prime pagine erano strappate. L'ho sfogliato. C'erano dei dettati, dei riassunti e un tema.

Racconta cosa hai fatto domenica.

Domenica è tornato mio papà. Mio papà vive in America molto spesso e torna ogni tanto. Ha una villa con la piscina e il trampolino e ci sono gli orsetti lavatori. Vivono nel giardino. Io ci devo andare. In America lui ci sta per lavoro e quando torna mi porta sempre i regali. Questa volta mi ha portato delle specie di racchette da tennis che si mettono sotto i piedi e cosí si può camminare sulla neve. Senza si affonda e si può anche morire. Quando andrò in montagna le dovrò usare quando vado sulla neve. Papà mi ha detto che queste racchette le usano gli eschimesi. Gli eschimesi vivono sul ghiaccio al Polo Nord e hanno anche le case di ghiaccio. Dentro non hanno il frigorifero perché non servirebbe a niente. Mangiano molte foche e qualche volta i pinguini. Ha detto che una volta mi ci porta. Io gli ho chiesto se può venire anche Peppino con noi. Peppino è il nostro giardiniere e deve tagliare tutte le piante e quando è inverno deve togliere tutte le foglie dal prato. Peppino ha almeno cento anni e appena vede una pianta la taglia. Si stanca molto e la sera deve mettere i piedi nell'acqua calda. Se viene con noi al Polo Nord non deve fare niente lí non ci sono piante c'è solo la neve e può riposarsi. Papà ha detto che ci deve pensare se può venire anche Peppino con noi. Dopo essere andati all'aeroporto siamo andati a mangiare al ristorante io, mio papà e mia mamma. Loro hanno parlato di dove devo fare le medie. Se devo stare a Pavia oppure in America. Io non ho detto niente ma preferisco Pavia dove vanno tutti i miei compagni. In America posso giocare con gli orsetti lavatori. Dopo pranzo siamo tornati a casa ho mangiato un'altra volta e sono *andato a letto. Questo ho fatto domenica. I compiti li avevo già fatti sabato.*

Ho chiuso il quaderno di Filippo e l'ho infilato nella cartellina.

In fondo alla valigia c'era un asciugamano arrotolato. L'ho aperto e dentro c'era una pistola. Sono rimasto a fissarla. Era grande, aveva il calcio di legno ed era nera. L'ho sollevata. Era pesantissima. Forse era carica. L'ho rimessa a posto.

«Inseguendo una libellula in un prato, un giorno che avevo rotto col passato», cantavano alla radio.

Mamma ballava e intanto stirava e cantava anche lei. – Quando già credevo di esserci riuscito son caduto.

Era di buon umore. Da una settimana era peggio di un cane rabbioso e ora cantava tutta contenta con la sua voce rauca e maschile. – Una frase sciocca, un volgare doppio senso, mi ha allarmato...

Sono uscito dalla mia camera abbottonandomi i pantaloncini. Lei mi ha sorriso. – Eccolo qua! Quello che non dormiva con gli ospiti... Buon giorno! Vieni a darmi un bacio. Grande, lo voglio. Voglio vedere quanto grande lo riesci a dare.

– Mi acchiappi?

– Sí. Ti acchiappo.

Ho preso la rincorsa e le sono saltato in braccio e lei mi ha afferrato al volo e mi ha stampato un bacio sulla guancia. Poi mi ha stretto e mi ha fatto girare. Io pure le ho dato un sacco di baci.

– Anch'io! Anch'io! – ha strillato Maria. Ha lanciato le bambole in aria e si è avvinghiata a noi.

– Tocca a me. Tocca a me. Togliti, – le ho detto.

– Michele, non fare cosí –. Mamma ha preso anche Maria. – Tutti e due! – E ha cominciato a girare per la stanza cantando a squarciagola. – Il magazzino che contiene tante casse, alcune nere, alcune gialle, alcune rosse…

Da una parte all'altra. Da una parte all'altra. Fino a quando non siamo crollati sul divano.

– Sentite… Il cuore. Sentite il cuore… di vostra… madre… muore… – Aveva il fiatone. Le abbiamo poggiato la mano sul seno, sotto c'era un tamburo.

Siamo rimasti uno vicino all'altro, buttati sui cuscini. Poi mamma si è sistemata i capelli e mi ha chiesto: – Allora Sergio non ti ha mangiato questa notte?

– No.

– Ti ha fatto dormire?

– Sí.

– Russava?

– Sí.

– Come russava? Fammi sentire.

Ho cercato di fargli il verso.

– Ma questo è un maiale! Cosí fanno i maiali. Maria, facci sentire come russa papà.

E Maria ha fatto papà.

– Non siete capaci. Adesso vi faccio sentire papà.

Lo faceva identico. Con il fischio.

Abbiamo riso molto.

Si è alzata e si è tirata giú il vestito. – Ti scaldo il latte.

Le ho chiesto: – E papà dove sta?

– È uscito con Sergio… Ha detto che la prossima settimana ci porta a mare. E andremo pure al ristorante a mangiare le cozze.

Io e Maria abbiamo cominciato a saltare sul divano. – A mare! A mare! A mangiare le cozze!

Mamma ha guardato verso i campi poi ha chiuso le persiane. – Speriamo bene.

Ho fatto colazione. C'era il pan di Spagna. Me ne sono mangiate due fette inzuppate nel latte. Senza farmi vedere ne ho tagliata un'altra, l'ho avvolta nel tovagliolo e me la sono cacciata in tasca.

Filippo sarebbe stato felice.

Mamma ha sparecchiato. – Appena hai finito porta questo dolce a casa di Salvatore. Mettiti la maglietta pulita.

Mamma era brava a cucinare. E quando preparava le torte o i maccheroni al forno o cuoceva il pane, ne faceva sempre in piú e lo vendeva alla mamma di Salvatore.

Mi sono lavato i denti, ho messo la maglietta delle Olimpiadi e sono uscito con la teglia tra le mani.

Non c'era vento. Il sole piombava a picco sulle case.

Maria stava seduta sulle scale con le sue Barbie, in uno spicchio d'ombra. – Tu la sai costruire una casa per le bambole?

– Certo –. Non lo avevo mai fatto, ma non doveva essere difficile. – Nel camion di papà c'è uno scatolone. Possiamo tagliarlo e farci una casa. E poi colorarlo. Ora non ho tempo, però. Devo andare da Salvatore –. Sono sceso in strada.

Non c'era nessuno. Solo le galline che razzolavano nella polvere e le rondini che s'infilavano sotto i tetti.

Dal capannone venivano dei rumori. Mi sono

avvicinato. La 127 di Felice aveva il cofano sollevato e stava tutta piegata da una parte. Da sotto
spuntavano un paio di grossi anfibi neri.

Quando Felice era ad Acqua Traverse trafficava sempre con la macchina. La lavava. La ingras-
sava. La spolverava. Ci aveva pure dipinto sopra
una larga striscia nera, come su quelle dei poliziotti
americani. Smontava il motore e poi non riusciva
a rimetterlo a posto o si perdeva qualche bullone,
allora ci obbligava ad andare fino a Lucignano a
comprarglielo.

– Michele! Michele, vieni qua! – ha urlato Felice da sotto la macchina.

Mi sono fermato. – Che vuoi?

– Aiutami.

– Non posso. Devo fare un servizio per mia madre –. Volevo dare la torta alla mamma di Salvatore, saltare sulla Scassona e correre da Filippo.

– Vieni qua.

– Non posso... Devo fare una cosa.

Ha ringhiato. – Se non vieni qua, ti ammazzo...

– Che vuoi?

– Sono incastrato. Non posso muovermi. Si è
staccata una ruota mentre stavo sotto, porcalaputtana. Sto qua sotto da mezz'ora!

Ho guardato dentro il cofano, da sopra il motore vedevo la faccia nera di grasso e gli occhi rossi e disperati. – Vado a chiamare tuo padre?

Il padre di Felice da giovane era meccanico. E
quando Felice trafficava con la macchina si arrabbiava da morire.

– Sei scemo? Quello mi fa due coglioni... Aiutami.

Potevo andarmene e lasciarlo là. Mi sono guardato in giro.

– Non ci pensare neanche... Io da qui esco e quando esco ti spezzo come una liquirizia. Di te rimarrà solo una tomba dove i tuoi genitori andranno a portare i fiori, – ha detto Felice.

– Che devo fare?

– Prendi il cric dentro la macchina e mettilo vicino alla ruota.

L'ho messo e ho girato la manovella. Lentamente la macchina si è sollevata.

Felice emetteva dei mugolii di gioia. – Cosí. Cosí, che esco. Bravo!

È scivolato fuori. Aveva la camicia imbrattata di olio nero. Si è passato una mano sui capelli. – Credevo di morirci. Mi sono rovinato la schiena. Tutto per colpa di quel romano di merda! – Ha cominciato a fare le flessioni bestemmiando.

– Il vecchio?

– Sí, lo odio –. Si è rimesso in piedi e ha preso a calci i sacchi di mais. – Gli ho detto che non ci posso arrivare fin lassú con la macchina. Su quella strada mi si sfondano gli ammortizzatori, ma a quello non gliene frega un cazzo. Perché non ci va lui con la sua Mercedes di merda? Perché non ci sta lui? Io non ce la faccio piú. E non fare questo e non fare quello. Mi ha fatto due coglioni cosí perché sono andato un paio di volte a mare. Era molto meglio quando quel pezzo di merda non c'era. Ma io me ne vado... – Ha dato un pugno al trattore e si è sfogato spaccando le cassette di legno. – Se mi dice un'altra volta che sono un idiota gli dò un pugno che te lo attacco al muro. E ora come cazzo ci vado su... – Si è bloccato e si è ricordato che c'ero pure io. Mi ha afferrato per la maglietta e mi ha sollevato e mi ha appiccicato il naso in faccia. – Non raccontare a nessuno quello che ti ho detto, capito? Se scopro che hai spifferato una parola sola ti taglio il pesce e me lo mangio con i broccoli... – Ha preso dalla tasca un coltello. La lama è schizzata fuori a due centimetri dalla punta del mio naso. – Capito?

Ho balbettato. – Capito.

Mi ha gettato a terra. – A nessuno! Ora sparisci –. E si è messo a girare per il capannone.

Ho preso la torta e sono filato via.

La famiglia Scardaccione era la piú ricca di Acqua Traverse.

Il padre di Salvatore, l'avvocato Emilio Scardaccione, aveva molti terreni. Tanta gente, soprattutto quando era periodo di mietitura, faticava per lui. Arrivavano da fuori. Da lontano. Sopra i camion. A piedi.

Anche papà, per molti anni, prima di diventare camionista, era andato a lavorare a stagione per l'avvocato Scardaccione.

Per entrare in casa di Salvatore si passava per un cancello di ferro battuto, poi attraversavi un cortile con i cespugli quadrati, la palma lunga lunga e una fontana di pietra con i pesci rossi, salivi una scala di marmo con i gradini alti ed eri arrivato.

Appena entravi ti trovavi in un corridoio scuro, senza finestre, cosí lungo che ci potevi andare in bicicletta. Da un lato c'era una fila di stanze da letto sempre chiuse, dall'altro il salone. Era uno stanzone con gli angeli dipinti sul soffitto e un tavolo grande e lucido con le sedie intorno. Tra due quadri con le cornici d'oro c'era una vetrina con dentro delle tazze e dei bicchieri preziosi e delle fotografie di uomini in divisa. Vicino alla porta d'ingresso c'era l'armatura medievale con in mano una mazza con una palla piena di chiodi. L'aveva comprata l'avvocato nella città di Gubbio. Non si poteva toccare perché cadeva.

Durante il giorno le persiane non si aprivano mai. Neanche d'inverno. Odorava di chiuso, di legno antico. Sembrava di stare in chiesa.

La signora Scardaccione, la madre di Salvatore, era una grassona alta un metro e mezzo e portava la rete sui capelli. Aveva le gambe gonfie come salsicce che le facevano sempre male e usciva solo a Natale e a Pasqua per andare dal parrucchiere a Lucignano. Passava la vita in cucina, l'unica stanza luminosa della casa, insieme alla sorella, zia Lucilla, tra vapori e odori di ragú.

Sembravano due foche. Piegavano la testa insieme, ridevano insieme, battevano le mani insieme. Due grosse foche ammaestrate con la permanente. Se ne stavano tutto il giorno su due poltrone consumate a controllare che Antonia, la cameriera, non sbagliava qualcosa, non si riposava troppo.

Tutto doveva essere in ordine per quando rientrava l'avvocato Scardaccione dalla città. Ma l'avvocato non rientrava mai. E quando rientrava se ne voleva andare.

– Lucilla! Lucilla, guarda chi c'è! – ha detto Letizia Scardaccione quando mi ha visto entrare in cucina.

Zia Lucilla ha sollevato la testa dalla macchina da cucire e ha sorriso. Sul naso aveva dei fondi di bottiglia che le facevano gli occhi piccoli come piombini. – Michele! Michele bello! Che hai portato, la torta?

– Sí, signora. Eccola –. Gliel'ho consegnata.

– Dàlla ad Antonia.

Antonia stava imbottendo i peperoni seduta al tavolo.

Antonia Ammirati aveva diciotto anni, era magra ma non tanto. Aveva i capelli rossi e gli occhi blu e quando era piccola le erano morti i genitori in un incidente stradale.

Sono andato da Antonia e le ho dato la torta. Lei mi ha carezzato la testa con il dorso della mano.

Antonia mi piaceva molto, era bella e mi sarebbe piaciuto fidanzarmi con lei, ma era troppo grande e aveva il ragazzo a Lucignano che montava le antenne della televisione.

– Quant'è brava la tua mamma, eh? – ha detto Letizia Scardaccione.

– E quant'è bella? – ha aggiunto zia Lucilla.

– E anche tu sei proprio un bel bambino. È vero, Lucilla?

– È proprio bello.

– Antonia, non è bello Michele? Se fosse grande non te lo sposeresti?

Antonia ha riso. – Subito me lo sposerei.

Zia Lucilla mi ha acchiappato una guancia e me l'ha quasi staccata. – E tu te la piglieresti Antonia?

Sono diventato tutto rosso e ho fatto no con la testa.

E le due sorelle si sono messe a ridere tutte contente e non la finivano piú.

Poi Letizia Scardaccione ha preso un sacchetto. – Qua ci sono dei vestiti che a Salvatore vanno piccoli. Prenditeli. Se i pantaloni sono troppo lunghi te li accorcio. Prenditeli, fammi questo favore. Guarda come vai combinato.

Mi sarebbe piaciuto. Erano come nuovi. Ma

mamma diceva che noi non accettavamo l'elemo-
sina da nessuno. Soprattutto da quelle due. Diceva che i miei vestiti andavano benissimo. E che
quando era ora di cambiarli, lo decideva lei. – Grazie, signora. Ma non posso.

Zia Lucilla ha aperto una scatola di latta e ha
battuto le mani. – Guarda che tengo qui. Le caramelle al miele! Ti piacciono le caramelle al miele?

– Molto, signora.

– Accomodati pure.

Queste le potevo prendere. Mamma non poteva scoprirlo perché me le mangiavo tutte. Ne ho
fatto una bella scorta. Mi sono riempito le tasche.

E Letizia Scardaccione ha aggiunto: – E dàlle
anche a tua sorella. La prossima volta che vieni
porta pure lei.

Ho ripetuto come un pappagallo. – Grazie, grazie, grazie…

– Prima di andartene vai a salutare Salvatore.
Sta in camera sua. Mi raccomando però, non rimanere assai che deve suonare. Oggi ha la lezione.

Sono uscito dalla cucina e ho attraversato quel
corridoio tetro, con quei mobili neri e tristi. Sono
passato davanti alla camera di Nunzio. La porta
era chiusa a chiave.

Una volta l'avevo trovata aperta ed ero entrato.

Non c'era niente, tranne un letto alto con le ringhiere di ferro e delle cinghie di cuoio. Al centro,
le mattonelle del pavimento erano tutte rigate e
rovinate. Quando passavi sotto il palazzo vedevi
Nunzio che camminava avanti e indietro, dalla
porta alla finestra.

L'avvocato aveva provato ogni cosa per farlo

guarire, una volta lo aveva pure portato da padre Pio, ma Nunzio si era attaccato a una Madonna e l'aveva fatta cadere e i frati lo avevano cacciato dalla chiesa. Da quando stava in manicomio non era più tornato ad Acqua Traverse.

Dovevo andare da Filippo, glielo avevo promesso. Gli dovevo portare la torta e le caramelle. Ma faceva caldo. Poteva aspettare. Tanto non gli cambiava niente. E poi avevo voglia di stare un po' con Salvatore.

Ho sentito il pianoforte attraverso la porta della sua stanza. Ho bussato.

– Chi è?

– Michele.

– Michele? – Mi ha aperto, si è guardato intorno come un ricercato, mi ha spinto dentro e ha chiuso a chiave.

La camera di Salvatore era grande, spoglia e con i soffitti alti. Contro una parete c'era un pianoforte verticale. Su un'altra un letto così alto che dovevi prendere uno scaletto per salirci. E una lunga libreria con dentro tanti libri disposti secondo i colori delle copertine. I giochi erano conservati in un cassettone. Una tenda bianca e pesante lasciava filtrare un raggio di luce in cui danzava la polvere.

In mezzo alla stanza, sul pavimento, c'era il panno verde del Subbuteo. Schierate sopra, la Juventus e il Torino.

Mi ha chiesto: – Che ci fai qua?

– Niente. Ho portato una torta. Posso rimanere? Tua madre ha detto che hai la lezione…

– Sí, rimani, – ha abbassato il tono della voce, – ma se si accorgono che non suono non mi lasciano piú in pace –. Ha preso un disco e lo ha messo sul giradischi. – Cosí credono che suono –. E ha aggiunto tutto serio. – È Chopin.

– Chi è Chopin?

– È uno bravo.

Io e Salvatore avevamo la stessa età, però mi sembrava piú grande. Un po' perché era piú alto di me, un po' perché aveva le camicie bianche sempre pulite e i pantaloni lunghi e con la piega. Un po' per il tono pacato che usava. Lo obbligavano a suonare, un insegnante veniva una volta alla settimana da Lucignano a fargli lezione, e lui, anche se odiava la musica, non si lamentava e aggiungeva sempre: – Ma quando sono grande smetto.

– Ti va di fare una partita? – gli ho chiesto.

Il Subbuteo era il mio gioco preferito. Non ero molto bravo, ma mi piaceva da morire. D'inverno con Salvatore facevamo tornei infiniti, passavamo pomeriggi interi a dare schicchere a quei piccoli calciatori di plastica. Salvatore giocava anche da solo. Si spostava da una parte all'altra. Se non giocava con il Subbuteo allora incolonnava migliaia di soldatini per la stanza e copriva tutto il pavimento fino a che non c'era piú posto nemmeno per mettere i piedi. E quando finalmente erano ordinati in schiere geometriche cominciava a spostarli uno per uno. Passava ore in silenzio a disporre eserciti per poi, quando arrivava Antonia a dire che la cena era servita, rimetterli tutti nelle scatole da scarpe.

– Guarda, – mi ha detto, e ha tirato fuori da un cassetto otto scatolette di cartone verde. Ognuna conteneva una squadra di calcio. – Guarda che mi ha regalato papà. Me le ha portate da Roma.

– Tutte queste? – Le ho prese in mano. Doveva essere veramente ricco l'avvocato per spendere tutti quei soldi.

Ogni anno che Dio mandava, alla mia festa e a Natale, chiedevo a papà e a Gesú Bambino di regalarmi il Subbuteo, ma non c'era verso, nessuno dei due ci sentiva. Mi bastava una squadra. Senza il campo e le porte. Pure di serie B. Mi sarebbe piaciuto andare da Salvatore con la mia squadra perché, ne ero sicuro, se era mia avrei giocato meglio, non avrei perso cosí tanto. Avrei voluto bene a quei giocatori, ne avrei avuto cura e avrei battuto Salvatore.

Lui ne aveva già quattro. E ora il padre gliene aveva comprate altre otto.

Perché a me niente?

Perché a mio papà non gli fregava niente di me, diceva che mi voleva bene ma non era vero. Mi aveva regalato una stupida barca di Venezia da mettere sopra il televisore. E non potevo neanche toccarla.

Ne volevo una. Se suo padre gliene avesse regalate quattro non dicevo niente, ma erano otto. In tutto ora ne aveva dodici.

Con una in meno che gli cambiava?

Mi sono schiarito la voce e ho sussurrato. – Me ne regali una?

Salvatore ha aggrottato le sopracciglia e ha cominciato a girare per la stanza. Poi ha detto: – Mi dispiace, io te la darei pure, ma non posso. Se papà sa che te l'ho data si arrabbia.

Non era vero. Quando mai suo padre controllava le squadre. Salvatore era tirchio.

– Ho capito.

– Tanto che ti cambia? Ci puoi venire a giocare quando vuoi.

Se avessi avuto qualcosa da scambiare forse una me la dava. Ma io non avevo niente.

No, una cosa da scambiare ce l'avevo.

– Se ti dico un segreto, me ne dài una?

Salvatore mi ha guardato di sbieco. – Che segreto?

– Un segreto incredibile.

– Non c'è segreto che vale una squadra.

– Il mio sí –. Mi sono baciato gli indici. – Te lo giuro.

– E se poi è una fregatura?

– Non lo è. Ma se dici che è una fregatura ti ridò la squadra.

– Non mi interessano i segreti.

– Lo so. Ma questo è bello. Non l'ho detto a nessuno. Se il Teschio lo viene a sapere, fa i salti di gioia...

– Dillo al Teschio allora.

Ma ormai ero disposto a tutto. – Mi prendo anche il Lanerossi Vicenza.

Salvatore ha sgranato gli occhi. – Anche il Lanerossi Vicenza?

– Sí.

Il Lanerossi Vicenza lo odiavamo. Era iellato. Se ci giocavi perdevi sempre. Nessuno dei due aveva mai vinto con quella squadra. E aveva un giocatore decapitato, un altro attaccato con la colla e il portiere tutto piegato.

Salvatore ci ha pensato un po' su e finalmente ha concesso: – D'accordo. Ma se è un segreto di merda non te la dò.

E cosí gli ho raccontato tutto. Di quando ero caduto dall'albero. Del buco. Di Filippo. Di quanto era pazzo. Della sua gamba malata. Della puzza. Di Felice che lo guardava. Di papà e del vecchio che gli volevano tagliare le orecchie. Di Francesco che si era buttato di sotto con l'uccello di fuori. Di sua madre alla televisione.

Tutto.

Provavo una sensazione bellissima. Come quando mi ero mangiato un vaso pieno di pesche sciroppate. Dopo ero stato male, mi sembrava di scoppiare, nella pancia avevo il terremoto e mi era venuta pure la febbre e mamma prima mi aveva preso a schiaffi, poi mi aveva messo la testa nel gabinetto e ficcato due dita in gola. E avevo tirato fuori una quantità infinita di una pappa gialla e acida. E avevo ripreso a vivere.

Mentre parlavo Salvatore stava in silenzio, impassibile.

E ho concluso. – E poi parla sempre di questi orsetti lavatori. Di questi orsetti che lavano i panni. Gli ho detto che non esistono, ma lui non mi sta a sentire.

– Esistono gli orsetti lavatori.

Sono rimasto a bocca aperta. – Come esistono? Mio padre ha detto che non esistono.

– Vivono in America –. Ha preso la Grande enciclopedia degli animali e l'ha sfogliata. – Eccolo. Guarda –. Mi ha passato il libro.

C'era la fotografia a colori di una specie di volpe. Con il musetto bianco e sugli occhi una mascherina nera come quella di Zorro. Però era piú pelosa di una volpe e aveva le zampe piú piccole e ci poteva prendere le cose. Tra le mani stringeva una mela. Era un animale molto carino. – Allora esiste...

– Sí –. Salvatore ha letto. – Genere carnivori orsiformi della famiglia dei Procionidi, dal corpo un po' tozzo, con il muso appuntito e la testa grossa, occhi grandi circondati da macchie bruno-nere. Il pelame è grigio e la coda non troppo lunga. Vive in Canada e negli Stati Uniti. Viene comunemente chiamato orsetto lavatore per la curiosa abitudine di sciacquare i cibi prima di mangiarli.

– Non lava i panni, ma il mangiare... Ecco –. Ero scombussolato. – E io che gli ho detto che non esistevano...

Salvatore mi ha chiesto: – E perché lo tengono là dentro?

– Perché non lo vogliono ridare a sua madre –. Gli ho afferrato un polso. – Vuoi venire a vederlo? Ci possiamo andare subito. Ti va? So una scorciatoia... Ci mettiamo poco.

Non mi ha risposto. Ha rimesso i calciatori nelle loro scatole e ha arrotolato il campo del Subbuteo.

– Allora? Ti va?

Ha girato la chiave e ha aperto la porta. – Non posso. Viene il maestro. Se non ho fatto i compiti glielo dice a quelle due e poi chi le sente.

– Ma come? Non vuoi vederlo? Non ti è piaciuto il mio segreto?

– Non molto. Non mi interessano i pazzi nei buchi.

– Me lo dài il Vicenza?

– Prenditelo. Tanto mi fa schifo –. Mi ha cacciato in mano la scatola e mi ha spinto fuori dalla stanza. E ha chiuso la porta.

Pedalavo verso la collina e non capivo.

Come poteva non fregargli di un bambino incatenato in un buco? Salvatore mi aveva detto che il mio segreto gli faceva schifo.

Non glielo dovevo dire. Avevo sprecato il mio segreto. E che ci avevo guadagnato? Il Lanerossi Vicenza, che portava pure iella.

Ero peggio di Giuda che aveva barattato Gesú

per trenta denari. Con trenta denari chissà quante squadre ci si potevano comprare.

Avevo la scatola infilata dentro i pantaloncini. Mi dava fastidio. Gli spigoli mi entravano nella pelle. Volevo buttarla, ma non ne avevo il coraggio.

Mi sarebbe piaciuto tornare indietro nel tempo. Avrei dato la torta alla signora Scardaccione e me ne sarei andato via, senza neanche passare da Salvatore.

Ho fatto la salita cosí di corsa che quando sono arrivato mi veniva da vomitare.

Avevo abbandonato la bicicletta poco prima della salita e l'ultimo pezzo me l'ero fatto a piedi correndo nel grano. Mi sembrava che il cuore mi si strappava dal petto. Volevo andare subito da Filippo, ma mi sono dovuto accasciare sotto un albero e aspettare che mi passava il fiatone.

Quando mi sono sentito meglio, ho guardato se Felice stava nei paraggi. Non c'era nessuno. Sono entrato nella casa, ho preso la corda.

Ho spostato la lastra e l'ho chiamato. – Filippo!

– Michele! – Ha cominciato a muoversi tutto. Mi stava aspettando.

– Sono venuto, hai visto? Hai visto che sono venuto?

– Lo sapevo.

– Te lo hanno detto gli orsetti lavatori?

– No. Lo sapevo io. Lo avevi promesso.

– Avevi ragione, gli orsetti lavatori esistono. L'ho letto in un libro. L'ho visto pure in fotografia.

– Bello, vero?

– Molto. Tu ne hai mai visto uno?

– Sí. Li senti? Li senti come fischiano?

Non sentivo nessun fischio. Non c'era niente da fare. Era pazzo.

– Vieni? – Mi ha fatto segno di scendere.

Ho afferrato la corda. – Arrivo –. Mi sono calato.

Avevano fatto pulizie. Il secchio era vuoto. Il pentolino era pieno d'acqua. Filippo era avvolto nella sua schifosa coperta, solo che lo avevano lavato. Gli avevano fasciato la caviglia con una benda. E intorno al piede non aveva più la catena.

– Ti hanno pulito!

Ha sorriso. I denti non glieli avevano lavati.

– Chi è stato?

Teneva una mano sugli occhi. – Il signore dei vermi e i suoi nani servitori. Sono scesi e mi hanno lavato tutto. Io ho detto che potevano lavarmi quanto gli pareva ma tu li avresti acchiappati lo stesso e che potevano fuggire quanto volevano ma tu potevi inseguirli per diversi chilometri senza stancarti.

Gli ho afferrato un polso. – Che gli hai detto il mio nome?

– Quale nome?

– Il mio.

– E qual è il tuo nome?

– Michele...

– Michele? No!

– Mi hai appena chiamato...

– Tu non ti chiami Michele.

– E come mi chiamo?

– Dolores.

– Io non mi chiamo Dolores. Sono Michele Amitrano.

– Se lo dici tu –. Ho avuto l'impressione che mi prendeva in giro.

– Ma che gli hai detto al signore dei vermi?

– Gli ho detto che l'angelo custode li avrebbe acchiappati.

Ho tirato un sospiro di sollievo. – Ah, bravo! Hai detto che ero l'angelo custode –. Ho preso la torta dalla tasca. – Guarda che ti ho portato. Si è sbriciolata... – Non ho avuto neanche il tempo di finire la frase che mi si è avventato contro.

Mi ha strappato quello che rimaneva della torta e se l'è cacciata tutta in bocca, poi, a occhi chiusi, ha cercato le briciole.

Mi ha infilato le mani dovunque. – Ancora! Ancora! Dammene ancora! – Mi graffiava con le unghie.

– Non ce ne ho piú. Te lo giuro. Aspetta... – Nella tasca di dietro avevo le caramelle. – Tieni. Prendi.

Le scartava, le masticava e le ingoiava a una velocità incredibile.

– Ancora! Ancora!

– Ti ho dato tutto.

Non voleva credere che non avevo piú niente. Continuava a cercare le briciole.

– Domani te ne porto ancora. Cosa vuoi?

Ha cominciato a grattarsi la testa. – Voglio... voglio... il pane. Il pane con il burro. Con il burro e la marmellata. Con il prosciutto. E il formaggio. E il cioccolato. Un panino molto grosso.

– Vedo cosa c'è a casa.

Mi sono seduto. Filippo non la smetteva di toccarmi i piedi e di slacciarmi i sandali.

E a un tratto mi è venuta un'idea. Una grande idea.

Non aveva la catena. Era libero. Potevo portarlo fuori.

Gli ho chiesto: – Ti va di uscire?

– Uscire dove?

– Uscire fuori.

– Fuori?

– Sí, fuori. Fuori dal buco.

È stato zitto e ha chiesto: – Dal buco? Quale buco?

– Questo buco qui. Qui dentro. Dove siamo.

Ha fatto di no con la testa. – Non ci sono buchi.

– Questo non è un buco?

– No.

– Ma sí che è un buco e lo hai detto pure tu.

– Quando l'ho detto?

– Hai detto che il mondo è tutto pieno di buchi dove dentro ci stanno i morti. E che anche la luna è piena di buchi.

– Ti sbagli. Io non l'ho detto.

Cominciavo a perdere la pazienza. – E dove siamo allora?

– In un posto dove si aspetta.

– E che si aspetta?

– Di andare in paradiso.

Un po' aveva ragione. Se rimanevi lí dentro tutta la vita, morivi e poi la tua anima volava in paradiso. Se ti mettevi a discutere con Filippo, ti si intrecciavano i pensieri.

– Dài, ti porto fuori. Vieni –. L'ho preso, ma si è irrigidito tutto e tremava. – Va bene. Va bene. Non usciamo. Stai buono, però. Non ti faccio niente.

Ha infilato la testa nella coperta. – Fuori non c'è aria. Fuori soffoco. Non ci voglio andare.

– Non è vero. Fuori c'è un sacco d'aria. Io sto sempre fuori e non soffoco. Come mai?

– Tu sei un angelo.

Dovevo farlo ragionare. – Ascoltami bene. Ieri ti ho giurato che tornavo e sono tornato. Ora ti giuro che se vieni fuori non ti succede niente. Mi devi credere.

– Perché devo andare fuori? Io sto bene qui.

Dovevo dirgli una bugia. – Perché fuori c'è il paradiso. E io ti devo portare in paradiso. Io sono un angelo e tu sei morto e io ti devo portare in paradiso.

Ci ha pensato un po'. – Davvero?

– Veramente.

– Andiamo, allora –. E ha cominciato a fare dei versi acuti.

Ho provato a metterlo in piedi, ma teneva le gambe piegate. Non si reggeva. Se non lo sostenevo cadeva. Alla fine gli ho legato la corda intorno ai fianchi. E gli ho avvolto la testa con la coperta, cosí stava buono. Sono risalito e ho cominciato a issarlo. Pesava troppo. Stava lí, a venti centimetri da terra, tutto indurito e sbilenco e io sopra, con la corda sulla spalla, tutto piegato in avanti e senza la forza per tirarlo su.

– Aiutami, Filippo. Non ce la faccio.

Ma era come un macigno e la corda mi scivolava dalle mani. Ho fatto un passo indietro e la corda si è allentata. Aveva toccato terra.

Mi sono affacciato. Era ribaltato, a pancia all'aria, con la coperta in testa.

– Filippo, tutto bene?

– Sono arrivato? – ha chiesto.

– Aspetta –. Sono corso intorno alla casa per cercare una tavola, un palo, qualcosa che mi potesse aiutare. Nella stalla ho trovato una vecchia porta scrostata e mezza rotta. L'ho trascinata fino al cortile. Volevo calarla nel buco e farci salire sopra Filippo. L'ho messa in piedi sul ciglio, ma mi è caduta a terra e si è spaccata in due metà piene di schegge appuntite. Il legno era tutto mangiato dai tarli. Non era buona.

– Michele? – Filippo mi stava chiamando.

– Un momento! Aspetta un momento! – ho urlato e ho preso un pezzo di quella porta bastarda e l'ho sollevata sulla testa e l'ho gettata su una scala.

Una scala?

Era lí, a due metri dal buco. Una bellissima scala di legno pittato di verde adagiata sull'edera che copriva un mucchio di calcinacci e di terra. Era sempre stata lí e io non l'avevo mai vista. Ecco come scendevano.

– Ho trovato una scala! – ho detto a Filippo. L'ho presa e l'ho calata nel buco.

L'ho trascinato nel boschetto, sotto un albero. C'erano gli uccelli. Le cicale. L'ombra. E c'era un buon odore di terra umida, di muschio.

Gli ho domandato: – Posso levarti la coperta dalla faccia?

– C'è il sole?

– No.

Non voleva togliersela, alla fine sono riuscito a convincerlo a farsi bendare gli occhi con la mia maglietta. Era contento, si vedeva da come sorrideva. Un venticello gli accarezzava la pelle e lui se lo godeva tutto.

Gli ho chiesto: – Perché ti hanno messo qui?

– Non lo so. Non mi ricordo.

– Niente proprio?

– Mi sono trovato qua.

– Che ti ricordi?

– Che ero a scuola –. Dondolava la testa. – Questo me lo ricordo. C'era ginnastica. E poi sono uscito fuori. Una macchina bianca si è fermata. E mi sono trovato qua.

– Ma tu dove abiti?

– In via Modigliani 36. All'angolo con via Cavalier D'Arpino.

– E dove sta?

– A Pavia.

– In Italia?

– Sí.

– Anche qui è Italia.

Ha smesso di parlare. Ho pensato che si era addormentato, ma a un certo punto mi ha chiesto:

– Che uccelli sono questi?

Mi sono guardato intorno. – Passeri.

– Sei sicuro che non sono pipistrelli?

– No. Quelli di giorno dormono e fanno un altro rumore.

– Le volpi volanti invece volano anche di giorno e cinguettano come gli uccelli. E pesano piú di un chilo. Se si attaccano ai rami piccoli cadono a terra. Queste, secondo me, sono volpi volanti.

Dopo la storia degli orsetti lavatori non potevo piú dire niente, magari in America esistevano anche le volpi volanti. Gli ho domandato: – Ma tu sei mai andato in America?

– Ieri ho visto la mia mamma. Mi ha detto che non può venire a prendermi perché è morta. È morta con tutta la mia famiglia. Sennò, ha detto, verrebbe subito.

Mi sono tappato le orecchie.

– Filippo, è tardi. Ti devo portare giú.

– Posso tornare giú davvero?

– Sí.

– Va bene. Torniamo.

Era stato mezz'ora muto, con la maglietta legata sugli occhi. Ogni tanto il collo e la bocca gli si irrigidivano e le dita delle mani e dei piedi gli si contraevano come per un tic. Era rimasto incantato, fermo, ad ascoltare le volpi volanti.

– Attaccati al mio collo –. Si è aggrappato e l'ho trascinato fino al buco. – Adesso scendiamo la scala, reggiti bene. Non mi mollare.

È stato difficile. Filippo si stringeva cosí forte che non riuscivo a respirare e non potevo vedere i pioli della scala, ero costretto a cercarli con i piedi.

Quando siamo arrivati giú ero bianco come un lenzuolo e ansimavo. L'ho sistemato in un angolo. L'ho coperto e gli ho dato da bere e gli ho detto: – È tardissimo. Me ne devo andare. Papà mi ammazza.

– Io sto qua. Ma tu mi devi portare i panini. E anche un pollo arrosto.

– Il pollo lo mangiamo la domenica. Oggi mamma fa le polpette. Ti piacciono le polpette?

– Con il pomodoro?

– Sí.

– Mi piacciono molto.

Mi dispiaceva di lasciarlo. – Io vado allora... – Stavo per aggrapparmi a un piolo, quando la scala è stata tirata via.

Ho sollevato lo sguardo.

Sul ciglio c'era uno con un cappuccio marrone in testa. Era vestito tale e quale a un soldato. – Cucú? Cucú? L'aprile non c'è piú, – ha cantato e ha cominciato a fare le piroette. – È ritornato maggio al canto del cucú! Indovina chi sono?

– Felice!

– Bravo! – ha detto, ed è rimasto un po' in silenzio. – Come cazzo hai fatto a capirlo? Aspetta! Aspetta un attimo.

Se n'è andato e quando è riapparso imbracciava il fucile.

– Eri tu! – Felice batteva le mani. – Eri tu, porcalaputtana! Trovavo sempre le cose messe diverse. Prima credevo di essere pazzo. Poi ho pensato che c'era il fantasma Formaggino. E invece eri tu. Michelino. Meno male, stavo uscendo scemo.

Ho sentito stringere la caviglia. Filippo mi si era attaccato ai piedi e bisbigliava. – Il signore dei vermi viene e va. Il signore dei vermi viene e va. Il signore dei vermi viene e va.

Ecco chi era il signore dei vermi!

Felice mi ha guardato attraverso i buchi del cappuccio. – Hai fatto amicizia con il principe? Hai visto come l'ho lavato bene? Faceva i capricci, ma alla fine ho vinto io. La coperta però mica me l'ha voluta dare.

Ero in trappola. Non riuscivo a vederlo. Il sole che filtrava tra il fogliame mi accecava.

– Becca qua!

Un coltello si è piantato a terra. A dieci centimetri dal mio sandalo e a venti dalla testa di Filippo.

– Hai visto che mira? Potevo farti saltare il ditone del piede come niente. E poi che facevi?

Non riuscivo a parlare. Mi si era tappata la gola.

– Che facevi senza un dito? – ha ripetuto. – Dimmelo? Dimmelo un po'?

– Morivo dissanguato.

– Bravo. E se invece ti sparo con questo, – mi ha mostrato il fucile, – che ti succede?

– Muoio.

– Vedi che le cose le sai. Vieni su, forza! – Felice ha preso la scala e l'ha calata giú.

Non volevo, ma non avevo altra scelta. Mi avrebbe sparato. Non ero sicuro che ce l'avrei fatta a salire, mi tremavano le gambe.

– Aspetta, aspetta, – ha detto Felice. – Mi prendi il coltello, per piacere?

Mi sono piegato e Filippo ha bisbigliato: – Non torni piú?

Ho tirato fuori il coltello dalla terra e senza farmi vedere gli ho risposto sottovoce: – Torno.

– Promesso?

Felice mi ha ordinato: – Richiudilo e mettitelo in tasca.

– Promesso.

– Forza, forza! Sali su, fessacchiotto. Che aspetti?

Ho cominciato a salire. Filippo intanto continuava a bisbigliare. – Il signore dei vermi viene e va. Il signore dei vermi viene e va. Il signore dei vermi viene e va.

Quando oramai ero quasi fuori, Felice mi ha preso per i pantaloni e con tutte e due le mani mi ha lanciato contro la casa come un sacco. Mi sono schiantato sul muro e mi sono sciolto a terra. Ho provato ad alzarmi. Avevo sbattuto sul fianco. Una fitta di dolore mi irrigidiva la gamba e il braccio. Mi sono voltato. Felice si era tolto il cappuccio e avanzava verso di me a passo di carica puntandomi il fucile contro. Vedevo il carro armato dei suoi anfibi diventare sempre piú grande.

Ora mi spara, ho pensato.

Ho cominciato a strisciare, tutto acciaccato, verso il bosco.

– Volevi farlo scappare, eh? Ma ti sei sbagliato. Hai fatto i conti senza l'hostess –. Mi ha dato un calcio sul sedere. – Alzati, fessacchiotto. Che fai là a terra? Alzati! Per caso ti sei fatto male? – Mi ha sollevato per l'orecchio. – Ringrazia Iddio che sei figlio di tuo padre. Sennò a quest'ora... Ora ti porto a casetta. Deciderà tuo padre la punizione. Io il mio dovere l'ho fatto. Ho fatto la guardia. E ti dovevo sparare –. Mi ha trascinato nel boschetto. Avevo cosí tanta paura che non riuscivo a piangere. Inciampavo, finivo a terra e lui mi rimetteva in piedi tirandomi per l'orecchio. – Muoviti, su, su, su!

Siamo usciti fuori dagli alberi.

Di fronte a noi la distesa gialla e incandescente di grano si allungava fino al cielo. Se mi ci tuffavo dentro non mi avrebbe trovato mai.

Con la canna del fucile Felice mi ha spinto alla 127 e ha detto: – Ah già, ridammi il coltello!

Ho provato a ridarglielo ma non riuscivo a infilare la mano nella tasca.

– Faccio io! – Me lo ha preso. Ha aperto lo sportello, ha sollevato il sedile e ha detto: – Sali!

Sono entrato e davanti c'era Salvatore.

– Salvatore, che ci...? – Il resto mi è morto in bocca.

Era stato Salvatore. Aveva fatto la spia a Felice.

Salvatore mi ha guardato e si è girato dall'altra parte.

Mi sono seduto dietro senza dire una parola.

Felice si è piazzato al volante. – Caro Salvatore, sei stato proprio bravo. Qua la mano –. Felice gliel'ha presa. – Avevi ragione, il ficcanaso c'era. E io che non ti credevo –. È sceso. – Le promesse sono promesse. E quando Felice Natale fa una promessa, la mantiene. Guida. Vai piano però.

– Adesso? – ha chiesto Salvatore.

– E quando? Siediti al posto mio.

Felice è entrato dalla porta del passeggero e Salvatore è passato al volante. – Qui è perfetto per imparare. Basta che segui la discesa e ogni tanto freni.

Salvatore Scardaccione mi aveva venduto per una lezione di guida.

– Cosí mi sfondi la macchina! – Felice urlava e con la testa incollata al parabrezza controllava il fondo sconnesso della strada. – Frena! Frena!

Salvatore arrivava appena sopra il volante e lo stringeva come se volesse spezzarlo.

Quando Felice mi era venuto addosso puntandomi il fucile contro mi ero pisciato sotto. Solo ora me ne accorgevo. Avevo i pantaloncini zuppi.

La macchina era piena di tafani impazziti. Sobbalzavamo sui dossi, ci infilavamo nelle buche. Dovevo aggrapparmi alla maniglia.

Salvatore non mi aveva mai detto che voleva guidare la macchina. Poteva chiederlo al padre di insegnargli a portarla. L'avvocato non gli diceva mai di no. Perché lo aveva chiesto a Felice?

Mi faceva male tutto, le ginocchia sbucciate, le costole, un braccio e un polso. Ma soprattutto il cuore. Salvatore me lo aveva spezzato.

Era il mio migliore amico. Una volta, su un ramo del carrubo, avevamo pure fatto il giuramento d'amicizia eterna. Tornavamo insieme da scuola. Se uno usciva prima, aspettava l'altro.

Salvatore mi aveva tradito.

Aveva ragione mamma quando diceva che gli Scardaccione si credevano chissà chi solo perché avevano i soldi. E diceva che anche se affogavi quelli nemmeno ti guardavano in faccia. E io mi ero immaginato un sacco di volte le due sorelle Scardaccione sul bordo delle sabbie mobili che cucivano a macchina e io che affondavo e allungavo la mano e chiedevo aiuto e quelle mi lanciavano le caramelle con il miele e dicevano che non potevano alzarsi per colpa delle gambe gonfie. Ma con Salvatore eravamo amici.

Mi ero sbagliato.

Avevo una voglia tremenda di piangere, ma mi sono giurato che se una sola lacrima mi usciva dagli occhi, avrei preso la pistola del vecchio e mi sarei sparato. Ho tirato fuori dai pantaloncini la scatola del Lanerossi Vicenza. Era tutta molla di pipí.

L'ho poggiata sul sedile.

Felice ha urlato: – Basta, ferma! Non ce la faccio piú.

Salvatore ha frenato di colpo, il motore si è spento, la macchina si è inchiodata e se Felice non metteva le mani avanti si scassava le corna sul parabrezza.

Ha spalancato la portiera ed è sceso. – Levati!

Salvatore si è spostato dall'altra parte, muto.

Felice ha afferrato il volante e ha detto: – Caro Salvatore, te lo devo dire, tu sei proprio negato a guidare. Lascia perdere. Il ciclismo è il tuo futuro.

Quando siamo entrati ad Acqua Traverse mia sorella, Barbara, Remo e il Teschio giocavano a mondo in mezzo alla polvere.

Ci hanno visti e hanno smesso di giocare.

Il camion di papà non c'era. E neanche la macchina del vecchio.

Felice ha parcheggiato la 127 nel capannone.

Salvatore è schizzato dalla macchina, ha preso la bicicletta e se n'è andato senza nemmeno guardarmi.

Felice ha tirato su il sedile. – Esci fuori!

Non volevo uscire.

Una volta, a scuola, avevo rotto la vetrata del cortile con uno di quei bastoni che servono per fare ginnastica. Volevo far vedere ad Angelo Cantini, un mio compagno di classe, che quel vetro era indistruttibile. E invece si era trasformato in un miliardo di cubetti quadrati. Il preside aveva chiamato mamma e le aveva detto che le doveva parlare.

Quando era arrivata mi aveva guardato e mi aveva detto in un orecchio: – Noi due facciamo i conti dopo –. Ed era entrata dal preside mentre io aspettavo seduto nel corridoio.

Quella volta avevo avuto paura, ma niente in confronto ad adesso. Felice avrebbe raccontato tutto a mamma e lei lo avrebbe detto a papà. E papà si sarebbe arrabbiato tantissimo. E il vecchio mi avrebbe portato via.

– Esci fuori! – mi ha ripetuto Felice.

Mi sono fatto coraggio e sono smontato.

Mi vergognavo. Avevo i pantaloni bagnati.

Barbara si è messa una mano sulla bocca. Remo è corso dal Teschio. Maria si è levata gli occhiali e se li è puliti con la maglietta.

C'era una luce abbagliante, non riuscivo a tenere gli occhi aperti. Dietro di me sentivo i passi pesanti di Felice. Affacciata alla finestra c'era la mamma di Barbara. A un'altra la mamma del Teschio. Mi fissavano con gli occhi vacui. Ci sarebbe stato un silenzio assoluto se Togo non avesse cominciato ad abbaiare con quella sua vocetta stridula. Il Teschio gli ha dato un calcio e Togo è scappato via guaendo.

Ho salito le scale di casa e ho aperto la porta.

Le persiane erano accostate e c'era poca luce. La radio era accesa. Il ventilatore girava. Mamma, in sottoveste, era seduta al tavolo e pelava le patate. Mi ha visto entrare seguito da Felice. Le è scivolato il coltello di mano. È caduto sul tavolo, e da lí è finito sul pavimento. – Che è successo?

Felice si è cacciato le mani nella mimetica, ha abbassato la testa e ha detto: – Era su. Con il ragazzino.

Mamma si è alzata dalla sedia, ha spento la radio, ha fatto un passo, poi un altro, si è fermata, si è messa le mani in faccia e si è accucciata a terra guardandomi.

Sono scoppiato a piangere.

È corsa da me e mi ha preso in braccio. Mi ha stretto forte al seno e si è accorta che ero tutto bagnato. Mi ha poggiato sulla sedia e mi ha guardato le gambe e le braccia sbucciate, il sangue rappreso sulle ginocchia. Mi ha sollevato la maglietta.

– Che ti è successo? – mi ha chiesto.

– Lui! È stato lui... mi ha... preso a mazzate! – Ho indicato Felice.

Mamma si è girata, ha squadrato Felice e ha ringhiato: – Che cosa gli hai fatto, disgraziato?

Felice ha alzato le mani. – Niente. Che gli ho fatto? L'ho riportato a casa.

Mamma ha strizzato gli occhi. – Tu! Come ti permetti, tu? – Le vene del collo le si sono gonfiate e le tremava la voce. – Come ti permetti, eh? Hai picchiato mio figlio, bastardo! – E si è lanciata su Felice.

Lui è indietreggiato. – Gli ho dato un calcio nel sedere. E che sarà mai?

Mamma ha cercato di schiaffeggiarlo. Felice le ha serrato i polsi per tenerla lontana, ma lei era una leonessa. – Bastardo! Io ti strappo gli occhi!

– L'ho trovato dentro la fossa… Voleva liberare il ragazzino. Non gli ho fatto niente. Basta, smettila!

Mamma era scalza, ma lo ha colpito lo stesso con un calcio nei coglioni.

Il povero Felice ha emesso un verso strano, un incrocio tra un gargarismo e il risucchio di un lavandino, si è messo le mani sui genitali ed è caduto in ginocchio. Ha fatto una smorfia di dolore e ha provato a urlare ma non gli è venuto, non aveva piú aria nei polmoni.

Io, in piedi sulla sedia, ho smesso di frignare. Sapevo quanto fa male una botta sulle palle. E quella era una botta sulle palle molto seria.

Mamma non ha avuto nessuna pietà. Ha preso la padella dal lavello e ha colpito Felice in faccia. Lui ha ululato ed è crollato a terra.

Mamma ha sollevato di nuovo la padella, lo voleva ammazzare, ma Felice l'ha presa per una caviglia e ha tirato. Mamma è cascata. La padella è schizzata sul pavimento. Felice le si è buttato sopra con tutto il corpo.

Io ho guaito disperato. – Lasciala! Lasciala! Lasciala! – Felice le ha afferrato le braccia, le si è piazzato sullo stomaco e l'ha tenuta ferma.

Mamma mordeva e graffiava come una gatta. Le si era sollevata la sottoveste. Si vedeva il sedere e il ciuffo nero tra le gambe e una spallina si era strappata e un seno le usciva fuori bianco e grande e con il capezzolo scuro.

Felice si è fermato e l'ha guardata.

Ho visto come l'ha guardata.

Sono sceso dalla sedia e ho cercato di ucciderlo. Gli sono saltato addosso e ho provato a strozzarlo.

In quel momento sono entrati papà e il vecchio.

Papà si è gettato su Felice, lo ha afferrato per un braccio e l'ha tirato via da sopra a mamma.

Felice è rotolato sul pavimento e io insieme a lui.

Ho battuto forte la tempia. Un bollitore dell'acqua ha cominciato a fischiarmi nella testa, e nelle narici avevo l'odore del disinfettante che davano nel bagno della scuola. Lampi gialli mi esplodevano davanti agli occhi.

Papà prendeva a calci Felice e Felice strisciava sotto il tavolo e il vecchio cercava di trattenere papà che spalancava la bocca e allungava le mani e buttava all'aria le sedie con i piedi.

Il sibilo nella testa era cosí forte che non sentivo nemmeno il mio pianto.

Mamma mi ha preso e mi ha portato in camera sua, ha chiuso la porta con il gomito e mi ha adagiato sul letto. Non riuscivo a smettere di piangere. Sussultavo tutto ed ero paonazzo.

Mi stringeva tra le braccia e ripeteva: – Non è niente. Non è niente. Passa. Passa tutto.

Mentre piangevo non riuscivo a staccare gli occhi dalla fotografia di padre Pio attaccata all'armadio. Il frate mi guardava e sembrava sorridere soddisfatto.

In cucina papà, il vecchio e Felice urlavano.

Poi sono usciti tutti e tre di casa sbattendo la porta.

Ed è tornata la calma.

I colombi tubavano sotto il tetto. Il rumore del frigorifero. Le cicale. Il ventilatore. Quello era il silenzio.

Mamma, con gli occhi gonfi, si è vestita, si è disinfettata un graffio su una spalla e mi ha lavato, asciugato, infilato sotto le lenzuola. Mi ha fatto mangiare una pesca con lo zucchero e si è stesa accanto a me. Mi ha dato la mano. Non parlava piú.

Non avevo la forza nemmeno per piegare un dito. Ho appoggiato la fronte sul suo stomaco e ho chiuso gli occhi.

Si è aperta la porta.

– Come sta?

La voce di papà. Parlava piano, come se il dottore gli avesse detto che ero in fin di vita.

Mamma mi ha accarezzato i capelli. – Ha preso una botta in testa. Ma ora dorme.

– Tu come stai?

– Bene.

– Sicura?

– Sí. Ma quello non deve entrare piú in casa nostra. Se tocca ancora Michele lo ammazzo e poi ammazzo a te.

– Ci ho già pensato io. Devo andare.

La porta si è chiusa.

Mamma mi si è accoccolata accanto e mi ha sussurrato in un orecchio: – Quando diventi grande te ne devi andare da qui e non ci devi tornare mai piú.

Era notte.

Mamma non c'era. Maria mi dormiva accanto. L'orologio ticchettava sul comodino. Le lancette brillavano di giallo. Il cuscino odorava di papà. La luce bianca della cucina s'incuneava sotto la porta.

Di là stavano litigando.

Era pure arrivato l'avvocato Scardaccione, da Roma. Era la prima volta che veniva a casa nostra.

Quel pomeriggio erano successe cose terribili. Cosí terribili, cosí immense che non ci si poteva nemmeno arrabbiare. Mi avevano lasciato stare.

Non ero agitato. Mi sentivo al sicuro. Mamma ci aveva chiusi dentro la sua camera e non avrebbe permesso a nessuno di entrare.

In testa avevo un bozzo che se lo toccavo mi faceva male, ma per il resto stavo bene. Questo un po' mi dispiaceva. Appena scoprivano che non ero malato mi rimettevano nella stanza con il vecchio. E io volevo rimanere nel loro letto per sempre. Senza piú uscire, senza piú vedere Salvatore, Felice, Filippo, nessuno. Nulla sarebbe cambiato.

Sentivo le voci in cucina. Il vecchio, l'avvocato, il barbiere, il padre del Teschio, papà. Litigavano per una telefonata che dovevano fare e su quello che bisognava dire.

Ho messo la testa sotto il cuscino.

Vedevo l'oceano di ferro in tempesta, cavalloni di chiodi si sollevavano e spruzzi di bulloni colpivano l'autobus bianco che affondava in silenzio sollevando il muso e dentro c'erano i mostri che si agitavano e sbattevano i pugni terrorizzati.

Non c'era niente da fare.

I vetri erano indistruttibili.

Ho aperto gli occhi.

– Michele, svegliati –. Papà stava seduto sul bordo del letto e mi scuoteva la spalla. – Ti devo parlare.

Era buio. Ma una macchia di luce bagnava il soffitto. Non gli vedevo gli occhi e non capivo se era arrabbiato.

In cucina continuavano a parlare.

– Michele, che hai fatto oggi?

– Niente.

– Non dire fesserie –. Era arrabbiato.

– Non ho fatto niente di male. Te lo giuro.

– Felice ti ha trovato da quello. Ha detto che lo volevi liberare.

Mi sono tirato su. – No! Non è vero! Te lo giuro! L'ho tirato fuori, ma l'ho rimesso subito dentro. Non lo volevo liberare. È lui che dice le bugie.

– Parla piano che tua sorella dorme –. Maria era stesa a pancia in giú e stringeva il cuscino.

Ho sussurrato. – Non mi credi?

Mi ha guardato. Gli occhi gli luccicavano nel buio come a un cane.

– Quante volte lo hai visto?

– Tre.

– Quante volte?

– Quattro.

– Ti può riconoscere?

– Come?

– Se ti vede ti riconosce?

Ci ho pensato. – No. Non ci vede. Tiene sempre la testa sotto la coperta.

– Gli hai detto il tuo nome?

– No.

– Ci hai parlato?

– No... Poco.

– Che ti ha detto?

– Niente. Parla di cose strane. Non si capisce niente.

– E tu che gli hai detto?

– Niente.

Si è alzato. Sembrava se ne volesse andare, poi si è riseduto sul letto. – Ascoltami bene. Non sto scherzando. Se ci torni io ti ammazzo di botte. Se torni un'altra volta lí, quelli gli sparano in testa –. Mi ha dato uno strattone violento. – Per colpa tua.

Ho balbettato. – Non ci torno piú. Te lo giuro.

– Giuralo sulla mia testa.

– Te lo giuro.

– Di', giuro sulla tua testa che non ci torno piú.

Ho detto: – Giuro sulla tua testa che non ci torno piú.

– Hai giurato sulla testa di tuo padre –. È rimasto in silenzio seduto vicino a me.

In cucina il padre di Barbara urlava con Felice.

Papà ha guardato fuori dalla finestra. – Scordalo. Non esiste piú. E non ne devi parlare con nessuno. Mai piú.

– Ho capito. Non ci vado piú.

Si è acceso una sigaretta.

Gli ho chiesto: – Sei ancora arrabbiato con me?

– No. Mettiti a dormire –. Ha preso una grossa boccata e si è appoggiato con le mani sul davanzale. I capelli lucidi gli brillavano della luce del lampione. – Ma, Cristo di Dio, perché gli altri ragazzini se ne stanno buoni e tu te ne vai in giro a fare fesserie?

– Allora sei arrabbiato con me?

– No, non sono arrabbiato con te. Piantala –. Si è preso la testa tra le mani e ha sussurrato. – Che razza di casino –. Scuoteva la testa. – Ci sono cose che sembrano sbagliate quando uno… – Aveva la voce rotta e non trovava le parole. – Il mondo è sbagliato, Michele.

Si è alzato e si è sgranchito la schiena e ha fatto per uscire. – Dormi. Devo tornare di là.

– Papà, mi dici una cosa?

Ha gettato la sigaretta dalla finestra. – Che c'è?

– Perché lo avete messo nel buco? Non l'ho capito proprio bene.

Ha afferrato la maniglia, ho creduto che non mi volesse rispondere, poi ha detto: – Non te ne volevi andare da Acqua Traverse?

– Sí.

– Presto ce ne andremo in città.

– Dove andremo?

– Al Nord. Sei contento?

Ho fatto sí con la testa.

È tornato da me e mi ha guardato negli occhi. L'alito gli sapeva di vino. – Michele, ora ti parlo come a un uomo. Ascoltami bene. Se torni lí lo uccidono. Lo hanno giurato. Non ci devi tornare piú se non vuoi che gli sparano e se vuoi che ce ne andiamo in città. E non ne devi parlare mai. Hai capito?

– Capito.

Mi ha baciato in testa. – Ora dormi e non ci pensare. Vuoi bene a tuo padre?

– Sí.

– Mi vuoi aiutare?

– Sí.

– Allora dimentica tutto.

– Va bene.

– Dormi ora –. Ha baciato Maria che neanche se n'è accorta ed è uscito dalla stanza chiudendo piano la porta.

7

Era tutto in disordine.

Il tavolo era pieno di bottiglie, tazzine e piatti sporchi. Le mosche ronzavano sui resti del cibo. Le sigarette traboccavano dalle ceneriere, le sedie e le poltrone erano tutte storte. C'era puzza di fumo.

La porta della mia stanza era socchiusa. Il vecchio dormiva vestito sul letto di mia sorella. Un braccio buttato giú. La bocca aperta. Ogni tanto si scacciava una mosca che gli camminava sulla faccia. Papà si era steso sul mio letto con la testa contro il muro. Mamma dormiva rannicchiata sul divano. Si era coperta con la trapunta bianca. Spuntavano i capelli neri, un pezzettino di fronte e un piede nudo.

La porta di casa era spalancata. Una leggera corrente tiepida faceva frusciare il giornale sul comò.

Il gallo ha cantato.

Ho aperto il frigo. Ho preso il latte, mi sono riempito un bicchiere e sono uscito sul terrazzino. Mi sono seduto sugli scalini a guardare l'alba.

Era di un arancione vivido, sporcata da una massa gelatinosa e violacea che si stendeva come cotone sull'orizzonte, ma piú in alto il cielo era pulito e nero e qualche stella era ancora accesa.

Mi sono finito il latte, ho poggiato il bicchiere su uno scalino e sono sceso in strada.

Il pallone del Teschio era vicino alla panchina, gli ho dato un calcio. È finito sotto la macchina del vecchio.

Dal capannone è apparso Togo. Ha guaito e sbadigliato insieme. Si è stiracchiato allungandosi e trascinando le zampe di dietro e mi è venuto incontro scodinzolando.

Mi sono inginocchiato. – Togo, come stai?

Mi ha preso una mano con la bocca e mi ha tirato. Non stringeva forte ma aveva i denti appuntiti.

– Dove mi vuoi portare, eh? Dove mi vuoi portare? – L'ho seguito nel capannone. I colombi, appollaiati sui travi di ferro del tetto, sono volati via.

In un angolo, buttata a terra, c'era la sua cuccia, una vecchia coperta grigia, tutta bucata.

– Mi vuoi far vedere la tua casa?

Togo ci si è steso e si è aperto come un pollo alla diavola.

Sapevo che voleva. Gli ho grattato la pancia e lui si è immobilizzato, in grazia di Dio, solo la coda gli andava a destra e a sinistra.

La coperta era uguale a quella di Filippo.

L'ho odorata. Non puzzava come la sua.

Sapeva di cane.

Ero steso sul letto a leggere Tex.

Ero rimasto in camera tutto il giorno. Come quando avevo la febbre e non andavo a scuola. A un certo punto era venuto Remo a chiedermi se volevo fare una partita, ma gli avevo detto di no, che ero malato.

Mamma aveva pulito casa fino a che tutto era tornato splendente, poi era andata dalla madre di

Barbara. Papà e il vecchio si erano svegliati ed erano usciti.

Mia sorella è entrata in camera di corsa ed è saltata sul letto tutta contenta. Teneva qualcosa dietro la schiena.

– Indovina che mi ha prestato Barbara?

Ho abbassato il giornaletto. – Non lo so.

– Indovina, dài!

– Non lo so –. Non avevo voglia di giocare.

Ha tirato fuori Ken. Il marito di Barbie, quello spilungone e con la puzza sotto il naso. – Cosí possiamo giocare. Io prendo Paola e tu lui. Li spogliamo e li mettiamo nel frigorifero… Cosí si abbracciano, capito?

– Non mi va.

Mi ha squadrato. – Che hai?

– Niente. Lasciami in pace, sto leggendo.

– Che noioso che sei! – Ha sbuffato e se n'è andata.

Mi sono rimesso a leggere. Era un numero nuovo, me lo aveva prestato Remo. Ma non riuscivo a concentrarmi. L'ho buttato a terra.

Pensavo a Filippo.

Ora come facevo? Gli avevo promesso che tornavo da lui, ma non potevo, avevo giurato a papà che non ci andavo.

Se ci andavo gli sparavano.

Ma perché? Mica lo liberavo, ci parlavo solo. Non facevo niente di male.

Filippo mi aspettava. Era lí, nel buco, e si chiedeva quando tornavo, quando gli portavo le polpette.

– Non posso venire, – ho detto ad alta voce.

L'ultima volta che ero andato da lui gli avevo detto: «Hai visto che sono venuto?» E lui mi aveva risposto che lo sapeva. Non erano stati gli orsetti lavatori a dirglielo. «Me lo avevi promesso».

Mi bastava parlarci cinque minuti. «Filippo, non posso piú tornare. Se torno ti uccidono. Scusami, non è colpa mia». E almeno si metteva l'anima in pace. Invece cosí pensava che non lo volevo piú vedere e che non mantenevo le promesse. Ma non era vero. Questa cosa mi tormentava.

Se non ci potevo andare io, glielo poteva dire papà. «Mi dispiace, Michele non può venire, per questo non mantiene la promessa. Se viene ti uccidono. Ha detto di salutarti».

– Basta, me lo devo scordare! – ho detto alla stanza. Ho raccolto il giornalino, sono andato in bagno e mi sono messo a leggere sulla tazza, ma ho dovuto smettere subito.

Papà mi chiamava dalla strada.

E ora che voleva da me? Ero stato buono, non mi ero mosso di casa. Mi sono tirato su i pantaloni e sono uscito sul terrazzino.

– Vieni qua! Vieni! – Mi ha fatto segno di scendere. Era accanto al camion. C'erano anche mamma, Maria, il Teschio e Barbara.

– Che c'è?

Mamma ha detto: – Scendi, c'è una sorpresa.

Filippo. Papà aveva liberato Filippo. E lo aveva portato da me.

Il cuore ha smesso di battermi. Mi sono precipitato giú per le scale. – Dov'è?

– Stai là –. Papà è salito sul camion e ha tirato fuori la sorpresa.

– Allora? – mi ha chiesto papà.

Mamma ha ripetuto: – Allora?

Era una bicicletta tutta rossa, con il manubrio che sembrava le corna di un toro. La ruota davanti piccola. Il cambio a tre marce. Le gomme con i tacchetti. Il sellino lungo che ci potevi andare in due.

Mamma ha chiesto ancora: – Che c'è? Non ti piace?

Ho fatto di sí con la testa.

Ne avevo vista una quasi uguale, qualche mese prima, al negozio di biciclette di Lucignano. Ma era piú brutta, non aveva il fanalino argentato e la ruota davanti non era piccola. Ero entrato dentro a guardarla e il commesso, un uomo alto, con i baffi e il grembiule grigio, mi aveva detto: – Bella, eh?

– Tanto.

– È l'ultima che mi è rimasta. È un affare. Perché non te la fai regalare dai tuoi genitori?

– Mi piacerebbe…

– E allora?

– Ce l'ho già.

– Quella? – Il commesso aveva storto il naso indicando la Scassona poggiata contro il lampione.

Mi sono scusato. – Era di papà.

– È ora di cambiarla. Dillo ai tuoi. Faresti tutta un'altra figura con un gioiello come questo.

Me n'ero andato. Non mi era passato neanche per la testa di chiedergli quanto costava.

Questa qui era molto piú bella.

Sopra la canna c'era scritto in oro Red Dragon.

– Che vuol dire Red Dragon? – ho chiesto a papà.

Lui ha sollevato le spalle e ha detto: – Lo sa tua madre.

Mamma si è coperta la bocca e si è messa a ridere. – Quanto sei scemo, che so l'inglese io?

Papà mi ha guardato. – Allora che fai? Non la provi?

– Ora?

– E quando, domani?

Mi scocciava provarla davanti a tutti. – Posso portarla a casa?

Il Teschio ci è montato sopra. – Se non la provi tu, la provo io.

Mamma gli ha dato uno scapaccione. – Scendi subito da quella bicicletta! È di Michele.

– La vuoi veramente portare sopra? – mi ha domandato papà.

– Sí.

– E ce la fai?

– Sí.

– Va bene, ma solo per oggi…

Mamma ha detto: – Ma sei impazzito, Pino? La bicicletta in casa? Fa le strisce.

– Ci sta attento.

Mia sorella ha preso gli occhiali, li ha buttati a terra ed è scoppiata a piangere.

– Maria, raccogli subito quegli occhiali, – si è infuriato papà.

Lei ha incrociato le braccia. – No! Non li prendo, non è giusto. Tutto a Michele e a me niente!

– Aspetta il tuo turno –. Papà ha tirato fuori dal camion un pacchetto con la carta blu e un fiocco. – Questo è per te.

Maria si è rimessa gli occhiali, ha provato a disfare il nodo ma non ci riusciva, allora lo ha strappato con i denti.

– Aspetta! La carta è buona, la teniamo –. Mamma ha sciolto il fiocco e ha tolto la carta.

Dentro c'era una Barbie con la corona in testa e un vestito di raso bianco tutto stretto e le braccia nude.

Maria per poco non è svenuta – La Barbie ballerina…! – Mi si è afflosciata addosso. – È bellissima.

Papà ha chiuso il telone del camion. – E ora con i regali state a posto per i prossimi dieci anni.

Io e Maria abbiamo salito le scale di casa. Io con la bicicletta in spalla, lei con la sua Barbie ballerina in mano.

– È bella, vero? – ha detto Maria guardandosi la bambola.

– Sí. Come la chiami?

– Barbara.

– Perché Barbara?

– Perché Barbara ha detto che da grande diventerà come la Barbie. E Barbie è Barbara in inglese.

– E con Poverella che ci fai, la butti?

– No. Fa la cameriera –. Poi mi ha guardato e mi ha chiesto: – A te non ti è piaciuto il regalo?

– Sí. Ma pensavo che era un'altra cosa.

Quella notte ho dormito con il vecchio.

Mi ero appena messo a letto e mi stavo finendo Tex quando è entrato in camera. Sembrava che gli avessero scaricato addosso altri venti anni. La faccia per quanto era scavata si era ridotta a un teschio.

– Dormi? – ha sbadigliato.

Ho chiuso il giornaletto e mi sono girato verso il muro. – No.

– Ahhh! Sono cotto –. Ha acceso la lampada accanto al letto e ha cominciato a spogliarsi. – Tra andata e ritorno ho fatto l'iradiddio di chilometri. Ho la schiena a pezzi. Devo dormire –. Ha sollevato in aria i pantaloni, li ha esaminati e ha storto il naso. – Devo rifarmi il guardaroba –. Si è levato gli stivaletti e le calze e li ha poggiati sul davanzale.

Gli puzzavano i piedi.

Ha trafficato nella valigia, ha tirato fuori la bottiglia di Stock 84 e ci si è attaccato. Ha fatto una smorfia e si è pulito la bocca con la mano. – Ammazza, che schifo –. Ha preso la cartellina, l'ha aperta, ha guardato il blocco di fotografie e mi ha chiesto: – Vuoi vedere mio figlio? – Mi ha passato una foto.

Era quella che avevo visto la mattina in cui avevo frugato nella sua roba. Francesco vestito da meccanico.

– Bel ragazzo, vero?

– Sí.

– Qua stava ancora bene, dopo si è smagrito.

Una falena marrone è entrata dalla finestra e ha preso a sbattere contro la lampadina. Faceva un rumore sordo ogni volta che colpiva il vetro incandescente.

Il vecchio ha preso un giornale e l'ha spiaccicata contro il muro. – 'Ste farfalle di merda –. Mi ha passato un'altra foto. – Casa mia.

Era una villetta bassa con le finestre dipinte di rosso. Dietro il tetto di paglia spuntavano le cime di quattro palme. Seduta sulla porta c'era una ragazza negra con un due pezzi giallo. Aveva i capelli lunghi e teneva un prosciutto tra le mani, come un trofeo. Accanto alla casa c'era un piccolo garage quadrato e davanti una macchina enorme, bianca, senza il tetto e con i vetri neri.

– Che macchina è? – ho chiesto.

– Una Cadillac. L'ho presa usata. È perfetta. Gli ho dovuto rifare solo le gomme –. Si è tolto la camicia. – È stato un buon affare.

– E chi è quella negra?

Si è steso sul letto. – Mia moglie.

– Hai una moglie negra?

– Sí. Quella vecchia l'ho lasciata. Questa ha ventitre anni. È un fiorellino. Si chiama Sonia. E se quello ti sembra un prosciutto, ti sbagli, è speck. Originale del Veneto. Gliel'ho portato dall'Italia. In Brasile non esiste, è una raffinatezza. È stata una rogna portarlo. M'hanno pure fermato alla dogana. Lo volevano aprire, pensavano che dentro c'era la droga… Vabbe', spengo la luce, che sono stanco.

Nella stanza è calato il buio. Sentivo che respirava e faceva degli strani rumori con la bocca.

A un certo punto ha detto: – Non sai come si sta laggiú. La vita non costa niente. Tutti che ti servono. Non fai un cazzo tutto il giorno. Altro che questo paese di merda. Io con questo paese ho chiuso.

Gli ho chiesto: – Dove sta il Brasile?

– Lontano. Troppo lontano. Buona notte e sogni d'oro.

– Buona notte.

8

E tutto si è fermato.

Una fata aveva addormentato Acqua Traverse.
I giorni seguivano uno dopo l'altro, bollenti, ugua-
li e senza fine.

I grandi non uscivano piú nemmeno la sera. Prima, dopo cena, mettevano fuori i tavoli e giocavano a carte. Ora se ne rimanevano dentro. Felice non si vedeva piú. Papà se ne stava tutto il giorno a letto e parlava solo con il vecchio. Mamma
cucinava. Salvatore si era chiuso in casa.

Andavo sulla mia nuova bicicletta. Tutti volevano provarla. Il Teschio si faceva Acqua Traverse su una ruota sola. Io neanche due metri.

Me ne stavo spesso per conto mio. Pedalavo oltre il torrente secco, prendevo stradine polverose
tra i campi che mi portavano distante, dove non
c'era piú niente se non pali abbattuti e filo spinato mangiato dalla ruggine. In lontananza le mietitrebbia rosse tremolavano nelle onde di calore che
salivano dai campi.

Era come se Dio aveva tagliato i capelli a zero
al mondo. Qualche volta i camion con i sacchi di
grano passavano per Acqua Traverse lasciandosi
dietro scie di fumo nero.

Quando stavo in strada avevo l'impressione che
tutti osservavano quello che facevo. Mi pareva di

scorgere dietro le finestre la madre di Barbara che mi spiava, il Teschio che mi indicava e bisbigliava con Remo, Barbara che mi sorrideva strana. Ma anche quando stavo solo, seduto su un ramo del carrubo o in bicicletta, quell'impressione non mi lasciava. Anche quando mi aprivo un varco nei resti di quel mare di spighe destinato a essere stipato nelle balle e intorno non avevo che cielo, mi pareva che mille occhi mi guardavano.

Non ci vado, state tranquilli. L'ho giurato.

Ma la collina era là, e mi aspettava.

Ho cominciato a fare la strada che portava alla fattoria di Melichetti. E ogni giorno, senza rendermene conto, ne facevo un pezzettino in piú.

Filippo si era scordato di me. Lo sentivo.

Cercavo di chiamarlo con il pensiero.

Filippo? Filippo mi senti?

Non posso venire. Non posso.

Non mi pensava.

Forse era morto. Forse non c'era piú.

Un pomeriggio, dopo mangiato, mi sono messo sul letto a leggere. La luce premeva contro gli scuri e filtrava nella stanza bollente. Avevo i grilli nelle orecchie. Mi sono addormentato con il giornaletto di Tiramolla in mano.

Ho sognato che era notte, ma io ci vedevo lo stesso. Le colline si muovevano nel buio. Si spostavano lente come tartarughe sotto un tappeto. Poi tutte insieme spalancavano gli occhi, buchi rossi che si aprivano nel grano, e si sollevavano, sicure di non essere viste, e diventavano dei giganti fatti di terra e coperti di spighe che avanzavano ondeggiando sui campi e mi venivano addosso e mi seppellivano.

Mi sono risvegliato in un bagno di sudore. Sono andato al frigo a prendere l'acqua. Vedevo i giganti.

Sono uscito e ho preso la Scassona.

Ero davanti al sentiero che portava alla casa abbandonata.

La collina era lí. Fosca, velata dal caldo. Mi sembrava di scorgere due occhi neri nel grano, proprio sotto la cima, ma erano solo macchie di luce, delle pieghe del terreno. Il sole aveva cominciato a scendere e smorzarsi. L'ombra della collina copriva lentamente la pianura.

Potevo salire.

Ma la voce di papà mi tratteneva. «Ascoltami bene. Se torni lí lo uccidono. Lo hanno giurato».

Chi? Chi lo aveva giurato? Chi lo uccideva?

Il vecchio? No. Non lui. Lui non era abbastanza potente.

Loro, i giganti di terra. I signori della collina. Ora erano stesi nei campi ed erano invisibili, ma di notte si svegliavano e attraversavano la campagna. Se adesso andavo da Filippo, non importava che era giorno, si sarebbero sollevati come onde dell'oceano e sarebbero arrivati lí e avrebbero scaricato la loro terra nel buco e lo avrebbero seppellito.

Torna indietro, Michele. Torna indietro, mi ha detto la vocina di mia sorella.

Ho girato la bicicletta e mi sono lanciato nel grano, tra le buche, pedalando come un disperato e sperando di passargli sopra la schiena a quei maledetti mostri.

Ero nascosto sotto una roccia del torrente secco. Sudavo. Le mosche non mi lasciavano in pace.

Il Teschio li aveva stanati tutti. Ero rimasto solo io. Ora si faceva difficile. Dovevo uscire di corsa, senza fermarmi mai, tagliare il campo di stoppie, arrivare fino al carrubo e urlare: – Tana libera tutti!

Ma il Teschio era lí, vicino all'albero, di punta come un segugio, e quando mi avrebbe visto correre si sarebbe lanciato pure lui e con quattro falcate mi avrebbe fregato.

Dovevo correre e basta, e se ce la facevo, bene, e se non ce la facevo, chi se ne importava.

Stavo per muovermi, quando un'ombra nera mi è calata addosso.

Il Teschio!

Era Salvatore. – Spostati, sennò mi vede. È qui vicino.

Gli ho fatto spazio e si è infilato sotto la roccia pure lui.

Senza volere, mi è uscito: – Gli altri?

– Li ha pigliati tutti. Siamo rimasti solo io e te.

Era la prima volta che ci parlavamo dal giorno di Felice.

Il Teschio mi aveva chiesto perché ci avevo litigato.

«Non abbiamo litigato. È che Salvatore mi sta antipatico», avevo risposto io.

Il Teschio mi aveva poggiato un braccio sulle spalle. «Bravo. Quello è uno stronzo».

Salvatore si è asciugato il sudore dalla fronte.

– Chi va a fare tana?

– Vacci tu.

– Perché?

– Perché sei piú veloce.

– Io corro piú veloce se è lontano, ma fino al carrubo sei piú veloce tu.

Sono stato zitto.

– Ho un'idea, – ha proseguito. – Usciamo insieme, tutti e due. Quando arriva il Teschio io mi metto in mezzo e tu corri al carrubo. Cosí lo freghiamo. Che ne dici?

– È una buona idea. Solo che tana la faccio io e tu perdi.

– Non fa niente. È l'unico modo per fotterlo a quel fesso.

Ho sorriso.

Mi ha guardato e mi ha allungato la mano.

– Pace?

– Va bene –. Gliel'ho stretta.

– Lo sai che la Destani non sta piú in classe nostra? Quest'anno viene una maestra nuova.

– Chi te l'ha detto?

– Mia zia ha parlato con il preside. Dice che è bella. E forse non scassa come la Destani.

Ho strappato un ciuffo d'erba. – Tanto per me è uguale.

– Perché?

– Perché ce ne andiamo via da Acqua Traverse.

Salvatore mi ha guardato sorpreso. – E dove andate?

– Al Nord.

– Dove?

Ho tirato lí. – A Pavia.

– E dove sta Pavia?

Ho sollevato le spalle. – Non lo so. Ma vivremo in un palazzo, all'ultimo piano. E papà si compra pure la 131 Mirafiori. E vado a scuola lí.

Salvatore ha preso un sasso e se l'è passato da una mano all'altra. – E non torni piú?

– No.

– E non la vedi la maestra?

Ho guardato a terra. – No.

Ha sussurrato. – Mi dispiace –. Mi ha guardato. – Pronto?

– Pronto.

– Allora andiamo. E non ti fermare mai. Al tre.

– Uno, due e tre, – e siamo scattati.

– Eccoli! Eccoli lí! – ha urlato Remo, appollaiato sul carrubo.

Ma il Teschio non ha potuto nulla, eravamo troppo veloci. Abbiamo sbattuto insieme contro l'albero e abbiamo strillato. – Tana libera tutti!

Ci eravamo svegliati e tutto era velato di grigio. Faceva caldo, era umido, e sbuffi improvvisi d'aria smuovevano l'afa. Nella notte delle nuvole grosse e nervose si erano accumulate sull'orizzonte e avevano cominciato ad avanzare su Acqua Traverse.

Siamo rimasti incantati a guardarle. Ci eravamo dimenticati che dal cielo poteva scendere acqua.

Ora stavamo sotto il capannone. Ero sdraiato sui sacchi di grano, con la testa nelle mani, tranquillo, a guardare le vespe che costruivano un alveare. Gli altri si erano messi seduti in cerchio accanto all'aratro. Salvatore era sbracato sul seggiolino di ferro del trattore, con i piedi poggiati sul volante.

Amavo quelle vespe. Remo gli aveva buttato giú la casa a pietrate almeno dieci volte, ma quelle testarde tornavano sempre a ricostruirla nello stesso posto, all'angolo tra due tralicci e una grondaia. Impastavano la paglia e il legno con la saliva e ci costruivano un alveare che sembrava di cartone.

Gli altri chiacchieravano, ma io non li stavo a sentire. Il Teschio come al solito parlava a voce alta e Salvatore ascoltava in silenzio.

Mi sarebbe piaciuto se si metteva a piovere, nessuno ne poteva piú della siccità.

Ho sentito Barbara dire: – Perché non andiamo a Lucignano a prendere il gelato? Ho i soldi.

– Ce l'hai pure per noi i soldi?

– No. Non bastano. Forse per due coppette.

– E allora che ci veniamo a fare a Lucignano, noi? A vedere te che ti riempi di gelato e diventi ancora piú grossa?

Perché quelle vespe facevano l'alveare? Chi gli aveva insegnato a farlo?

«Lo sanno. È nella loro natura», mi aveva risposto papà una volta che glielo avevo chiesto.

Mia sorella mi si è avvicinata e ha detto: – Io vado a casa. Tu che fai?

– Sto qua.

– Vabbe'. Mi vado a fare pane, burro e zucchero. Ciao –. Se n'è andata seguita da Togo.

E qual era la mia natura? Che sapevo fare io?

– Allora? – ha chiesto Remo. – Facciamo una partita a ruba bandiera?

Sapevo arrampicarmi sul carrubo. Questo lo sapevo fare bene e nessuno me lo aveva insegnato.

Il Teschio si è alzato, ha dato un calcio al pallone e lo ha spedito dall'altra parte della strada.

– Ragazzi, ho una grande idea. Perché non andiamo al posto dell'altra volta?

Forse potevo raggiungere Maria e farmi una fetta di pane, burro e zucchero pure io, ma non avevo fame.

– Dove?

– Sulla montagna.

– Quale montagna?

– Alla casa abbandonata. Davanti alla fattoria di Melichetti.

Mi sono voltato. Il corpo improvvisamente si è risvegliato, il cuore ha preso a marciarmi nel petto e lo stomaco si è strizzato.

Barbara era poco convinta. – Che ci andiamo a fare? È lontano. E se si mette a piovere?

Il Teschio le ha fatto il verso. – E se si mette a piovere? Ci bagnamo! E poi nessuno ti ha chiesto di venire.

Neanche Remo sembrava entusiasta. – Che ci andiamo a fare?

– Esploriamo la casa. L'altra volta ci è entrato solo Michele.

Remo mi ha detto qualcosa.

L'ho guardato. – Cosa? Non ho capito?

– Che c'è dentro la casa? – mi ha chiesto.

– Come?

– Che c'è dentro la casa?

Non riuscivo a parlare, non avevo piú saliva. Ho balbettato. – Niente… Non lo so… – Avevo la sensazione che un liquido gelato mi scendeva dalla testa, nel collo e lungo i fianchi. – Un po' di mobili vecchi, una cucina, roba cosí.

Il Teschio ha chiesto a Salvatore: – Andiamo?

– No, non mi va, – Salvatore ha scosso la testa. – Barbara ha ragione, è lontano.

– Io ci vado. Ci possiamo fare la nostra base segreta –. Il Teschio ha preso la bicicletta appoggiata al trattore. – Chi vuole venire viene. Chi non vuole venire, non viene –. Ha domandato a Remo: – Tu che fai?

– Vengo –. Remo si è alzato e ha chiesto a Barbara: – Tu vieni?

– Se non si fanno gare.

– Niente gare, – ha assicurato il Teschio e ha domandato di nuovo a Salvatore. – Tu allora non vieni?

Io aspettavo, senza dire niente.

– Io sto con Michele, – ha fatto Salvatore, e

guardandomi negli occhi mi ha chiesto: – Tu che fai, ci vai?

Mi sono messo in piedi e ho detto: – Sí, ci vado.

Salvatore è saltato giú dal trattore. – Va bene, andiamo.

Avanzavamo di nuovo, tutti quanti, come la prima volta, verso la collina.

Pedalavamo in fila indiana. Mancava solo mia sorella.

C'era un'atmosfera pesante e il cielo aveva un colore innaturale, scarlatto. Le nuvole, prima ammassate sull'orizzonte, ora si accalcavano sopra di noi e si spingevano una contro l'altra come orde di Unni prima della battaglia. Erano grosse e cupe. Il sole era opaco e torbido come se un filtro lo schermasse. Non faceva né caldo né freddo, ma tirava vento. Ai lati della strada e sui campi la paglia era chiusa nelle balle, disposte come pedine su una scacchiera. Dove non era passata la mietitrebbia, si formavano lunghe onde che spettinavano il grano.

Remo guardava preoccupato l'orizzonte. – Ora si mette a piovere.

Piú mi avvicinavo alla collina piú mi sentivo male. Un peso mi premeva sullo stomaco. I resti della colazione si rotolavano nella pancia. Mi mancava l'aria e un velo di sudore mi bagnava la schiena e il collo.

Che stavo facendo? Ogni pedalata era un pezzo di giuramento che si sbriciolava.

«Ascoltami, Michele, non ci devi tornare piú. Se torni lí, lo uccidono. Per colpa tua».

«Non ci torno piú».

«Giuralo sulla mia testa».

«Te lo giuro».

«Di', giuro sulla tua testa che non ci torno piú».

«Giuro sulla tua testa che non ci torno piú».

Stavo rompendo il giuramento, andavo da Filippo e se mi trovavano lo avrebbero ammazzato.

Volevo tornare indietro, ma le gambe pedalavano e una forza irresistibile mi trascinava verso la collina.

Un tuono lontano ha lacerato il silenzio.

– Torniamo a casa, – ha detto Barbara come se avesse sentito i miei pensieri.

Ho boccheggiato. – Sí, torniamo a casa.

Il Teschio ci è passato accanto sghignazzando. – Se vi cagate sotto per un po' d'acqua, andate a casa, che è meglio.

Io e Barbara ci siamo guardati e abbiamo continuato a spingere.

Il vento cresceva. Alitava sui campi e sollevava la pula in aria. Era dura tenere le biciclette dritte, le raffiche ci spingevano fuori dalla strada.

– Eccoci. Era lontano, eh? – ha detto il Teschio sgommando sul pietrisco.

Il sentiero che portava alla casa era lí davanti.

Salvatore mi ha guardato e mi ha chiesto: – Andiamo?

– Sí, andiamo.

Abbiamo cominciato la salita. Faticavo a stare al passo con gli altri. Red Dragon era una fregatura. Non lo volevo ammettere, ma era cosí. Se ti tiravi su, ti trovavi il manubrio in bocca e se cambiavi marcia, se ne usciva la catena. Per non rimanere indietro dovevo usare il rapporto piú duro.

Dai campi, alla nostra destra, si è alzato uno

stormo di corvi. Gracchiavano e volteggiavano ad ali spiegate, trascinati dalle correnti.

Il sole era inghiottito dal grigio e di colpo sembrava sera. Un tuono. Un altro. Ho guardato le nuvole che rotolavano e si avvolgevano una sull'altra. Una ogni tanto s'illuminava come se dentro ci fosse esploso un fuoco d'artificio.

Stava arrivando il temporale.

E se Filippo era morto?

Un cadavere bianco accucciato in fondo a un buco. Coperto di mosche e gonfio di larve e vermi, le mani rinsecchite e le labbra dure e grigie.

No, non era morto.

E se non mi riconosceva? Se non mi voleva piú parlare?

«Filippo, sono Michele. Sono tornato. Te lo avevo giurato, sono tornato».

«Tu non sei Michele. Michele è morto. E sta in un buco come me. Vattene».

Davanti a noi si è schiusa la valletta. Era cupa e silenziosa. Gli uccelli e i grilli tacevano.

Quando siamo passati tra le querce una goccia grossa e pesante mi ha colpito la fronte, un'altra il braccio e un'altra la spalla e il temporale ci si è rovesciato addosso. Ha cominciato a piovere fitto e teso. L'acquazzone sferzava le cime degli alberi e il vento soffiava tra i rami, fischiava tra le foglie e la terra si succhiava l'acqua come una spugna secca e le gocce rimbalzavano contro la terra asciutta e sparivano e i fulmini cadevano sui campi.

– Ripariamoci! – ha urlato il Teschio. – Corriamo.

Correvamo, ma tanto eravamo già zuppi. Ho rallentato, se vedevo la 127 o qualcosa di strano, me la davo a gambe.

Macchine non ce n'erano e non ho notato niente di strano.

Si sono infilati dentro la stalla. Il buco era là, dietro i rovi, volevo correre e scoperchiarlo e vedere Filippo, ma mi sono costretto a seguirli.

Gli altri erano in piedi e saltavano, eccitati dal temporale. Ci siamo tolti le magliette e le abbiamo strizzate. Barbara era obbligata a tirarsi in avanti la camicia, sennò le si vedevano le tette.

Tutti ridevano nervosi e si massaggiavano le braccia infreddolite, e guardavano fuori. Sembrava che il cielo si fosse bucato. Nel fragore dei tuoni, i lampi univano le nuvole con la terra. Il piazzale, in pochi minuti, si è riempito di pozzanghere e dai fianchi della valle colavano rigagnoli sporchi di terra rossa.

Filippo doveva morirsi di paura. Tutta quell'acqua si infilava dentro il buco e se non smetteva presto poteva annegarlo. Il rumore della pioggia sulla lastra lo stava assordando.

Dovevo andare da lui.

– Sopra c'è una moto, – ho sentito che diceva la mia voce.

Si sono girati tutti a guardarmi.

– Sí, c'è una moto...

Il Teschio è saltato in piedi come se si fosse seduto su un formicaio. – Una motocicletta?

– Sí.

– Dove sta?

– Al piano di sopra. Nell'ultima stanza.

– E che ci fa?

Ho sollevato le spalle. – Non lo so.

– Secondo te va ancora?

– Potrebbe.

Salvatore mi ha guardato, aveva un sorriso bef-

fardo sulle labbra. – E perché non ce lo hai detto
mai?

Il Teschio ha storto la testa. – Giusto! Perché
non ce lo hai detto, eh?

Ho inghiottito. – Perché non mi andava. Avevo fatto la penitenza.

Un lampo di comprensione gli ha attraversato gli
occhi. – Andiamola a vedere. Pensa se funziona...

Il Teschio, Salvatore e Remo si sono gettati fuori dalla stalla, di corsa, riparandosi la testa con le
mani e spintonandosi dentro le pozzanghere.

Barbara si è avviata, ma si è fermata sotto la
pioggia. – Tu non vieni?

– Arrivo. Tu vai.

L'acqua le aveva lisciato i capelli che le cadevano giú come spaghetti sporchi. – Non vuoi che
ti aspetto?

– No, vai. Arrivo subito.

– Va bene –. Si è messa a correre.

Ho fatto il giro della casa e sono passato tra i
rovi. Il cuore mi batteva nei timpani e le gambe
mi si piegavano. Sono entrato nel piazzale. Si era
trasformato in un pantano frustato dalla pioggia.

Il buco era aperto.

Non c'era piú la lastra verde e nemmeno il materasso.

L'acqua mi colava addosso, mi scivolava dentro i pantaloncini e le mutande e i capelli mi si in-
collavano alla fronte e il buco era lí, una bocca nera nella terra scura, e io mi avvicinavo, respiravo
appena, stringevo i pugni, mentre intorno a me il
cielo cadeva e ondate di dolore incandescente mi
avvolgevano la gola.

Ho chiuso e riaperto gli occhi sperando che
qualcosa cambiasse.

Il buco era ancora lí. Nero come il buco di un lavandino.

Barcollando, mi sono avvicinato. I piedi nel fango. Mi sono passato una mano sulla faccia per asciugarmela. Quasi crollavo a terra, ma continuavo ad avanzare.

Non c'è. Non guardare. Vattene via.

Mi sono fermato.

Vai. Vai a vedere.

Non ce la faccio.

Mi sono guardato i sandali coperti di melma. Fai un passo, mi sono detto. L'ho fatto. Fanne un altro. L'ho fatto. Bravo. Un altro e un altro ancora. E ho visto l'orlo del buco davanti ai miei piedi.

Ci sei.

Ora bisognava solo guardarci dentro.

Ho avuto la certezza che lí dentro non c'era piú nessuno.

Ho sollevato la testa e ho guardato.

Era cosí. Non c'era piú niente. Nemmeno il secchio e il pentolino. Solo acqua sporca e una coperta zuppa.

Se lo erano portati via. Senza dirmi niente. Senza avvertirmi.

Se n'era andato e io non lo avevo nemmeno salutato.

Dove stava? Non lo sapevo, ma sapevo che era mio e che me lo avevano portato via.

– Dove sei? – ho urlato alla pioggia.

Sono caduto in ginocchio. Ho immerso le dita nel fango e l'ho strizzato nelle mani.

– La moto non esiste.

Mi sono voltato.

Salvatore.

Era in piedi. A qualche metro da me, la camicia zuppa, i pantaloni sporchi di fango. – La moto non esiste, vero?

Ho gorgogliato un no.

Ha indicato il buco. – Stava là?

Ho fatto segno di sí con la testa, e ho balbettato. – Lo hanno portato via.

Salvatore si è avvicinato, ha guardato dentro e mi ha fissato. – Io lo so dove sta.

Ho sollevato lentamente il capo. – Dove sta?

– Sta da Melichetti. Giú nella gravina.

– Come lo sai?

– L'ho sentito ieri. Papà parlava con tuo padre e con quello di Roma. Mi sono messo dietro la porta dello studio e li ho sentiti. Lo hanno spostato. Lo scambio non è riuscito, hanno detto –. Si è tirato indietro la frangetta bagnata. – Hanno detto che questo posto non è piú sicuro.

Il temporale è passato.

Veloce, cosí come era scoppiato.

Era distante oramai. Una massa scura che avanzava sulla campagna inzuppandola e proseguiva per la sua strada.

Scendevamo per il sentiero.

L'aria era cosí pulita che lontano, oltre la pianura ocra, si vedeva una strisciolina verde. Il mare. Era la prima volta che lo vedevo da Acqua Traverse.

L'acquazzone aveva lasciato un odore di erba e terra bagnata e un poco di fresco. Le nuvole rimaste nel cielo erano bianche e sfilacciate e lame di un sole accecante tagliavano la pianura. Gli uccelli avevano ripreso a cantare, sembrava ci fosse una gara canora.

Al Teschio avevo detto che gli avevo fatto uno scherzo.

– Bello scherzo del cazzo, – aveva risposto.

Ho avuto il presentimento che nessuno ci sarebbe piú salito su quella collina, era troppo lontana, e non c'era niente di bello in quel vecchio rudere. E quella valletta nascosta portava male.

Filippo era finito da Melichetti con i maiali, perché lo scambio non era riuscito e perché il buco non era piú sicuro, cosí avevano detto. E non c'entravano niente i signori della collina e i mostri che mi inventavo io.

«Piantala con questi mostri, Michele. I mostri non esistono. Devi avere paura degli uomini, non dei mostri». Cosí mi aveva detto papà.

Era colpa sua. Non lo aveva mollato e non lo avrebbe mollato mai.

I gatti quando catturano le lucertole ci giocano, ci giocano pure se la lucertola è tutta aperta e con le budella di fuori e senza la coda. La inseguono calmi, si siedono e la colpiscono e ci si divertono fino a quando la lucertola non muore, e quando è morta la toccano appena con la zampa, come se gli facesse schifo, e quella non si muove piú e allora la guardano e se ne vanno.

Un rombo assordante, un frastuono metallico ha spezzato la quiete e ha coperto tutto.

Barbara ha urlato indicando il cielo. – Guardate! Guardate!

Da dietro la collina sono apparsi due elicotteri. Due libellule di ferro, due grosse libellule blu con scritto sui fianchi Carabinieri.

Si sono abbassati su di noi e noi abbiamo cominciato a sbracciarci e a urlare, si sono affiancati, hanno girato nello stesso momento, come se ci volessero far vedere quanto erano bravi, e poi hanno planato sui campi, sono volati sopra Acqua Traverse e sono scomparsi all'orizzonte.

I grandi non c'erano piú.
Le macchine stavano lí, ma loro non c'erano.
Le case vuote, le porte aperte.
Correvamo tutti da una casa all'altra.
Barbara era agitata. – Da te c'è qualcuno?
– No. E da te?
– Nemmeno.
– Dove sono? – Remo aveva il fiatone. – Ho guardato pure nell'orto.
– Che facciamo? – ha chiesto Barbara.
Ho risposto: – Non lo so.
Il Teschio camminava al centro della strada, con le mani in tasca e lo sguardo truce, come un pistolero in un villaggio fantasma. – Chi se ne frega. Meglio. Aspettavo da tanto tempo che se ne andavano tutti a fare in culo –. E ha sputato.
– Michele!
Mi sono voltato.
Mia sorella era in mutande e canottiera, fuori dal capannone, con le sue Barbie in mano e con Togo che la seguiva come un'ombra.
Sono corso da lei. – Maria! Maria! Dove stanno i grandi?
Mi ha risposto tranquilla. – A casa di Salvatore.
– Perché?
Ha indicato il cielo. – Gli elicotteri.
– Come?
– Sí, sono passati gli elicotteri, e dopo sono usciti tutti in strada e urlavano e sono andati a casa di Salvatore.

– Perché?

– Non lo so.

Mi sono guardato intorno. Salvatore non c'era piú.

– E tu che ci fai qui?

– Mamma ha detto che devo aspettare qui. Mi ha chiesto dov'eri andato.

– E tu che le hai detto?

– Che eri andato sulla montagna.

I grandi sono rimasti a casa di Salvatore tutta la sera.

Noi aspettavamo nel cortile, seduti sul bordo della fontana.

– Quando finiscono? – mi ha chiesto Maria per la centesima volta.

E io per la centesima volta le ho risposto: – Non lo so.

Ci avevano detto di aspettare, stavano parlando.

Barbara saliva le scale e bussava alla porta ogni cinque minuti, ma nessuno apriva. Era preoccupata. – Ma di che parlano per cosí tanto tempo?

– Non lo so.

Il Teschio se n'era andato insieme a Remo. Salvatore era dentro, di sicuro rintanato in camera sua.

Barbara mi si è seduta accanto. – Ma che sta succedendo?

Ho sollevato le spalle.

Mi ha guardato. – Che hai?

– Niente. Sono stanco.

– Barbara! – Angela Mura era affacciata alla finestra. – Barbara, vai a casa.

Barbara ha chiesto: – Quando vieni?

– Presto. Corri.

Barbara ci ha salutato e se n'è andata mogia mogia.

– Mia mamma quando esce? – ha chiesto Maria ad Angela Mura.

Ci ha guardato e ha detto: – Andate a casa e mangiate da soli, arriva presto –. Ha richiuso la finestra.

Maria ha fatto no con la testa. – Io non ci vado, io aspetto qua.

Mi sono alzato. – Andiamo, che è meglio.

– No!

– Forza. Dammi la mano.

Ha incrociato le braccia. – No! Io rimango qui tutta la notte, non mi importa.

– Dammi la mano, su.

Si è aggiustata gli occhiali e si è messa in piedi. – Io però non dormo.

– E non dormire.

E, mano nella mano, siamo tornati a casa.

Urlavano cosí forte che ci hanno svegliato.

Ci eravamo abituati a tutto. Alle riunioni not-
turne, al rumore, alla voce alta, ai piatti rotti, ma
ora urlavano troppo.

– Perché strillano cosí? – mi ha chiesto Maria
stesa sul suo letto.

– Non lo so.

– Che ore sono?

– Tardi.

Era notte fonda, la stanza era buia ed eravamo
in camera nostra, svegli come grilli.

– Falli smettere, – si è lamentata Maria. – Mi
dànno fastidio. Digli di strillare piú piano.

– Non posso.

Cercavo di capire che dicevano, ma le voci si
mischiavano.

Maria mi si è sdraiata accanto. – Ho paura.

– Loro hanno paura.

– Perché?

– Perché urlano.

Quelle urla erano come i soffi dei ramarri.

I ramarri quando non possono piú scappare e li
stai per prendere, spalancano la bocca, si gonfia-
no e soffiano e cercano di farti paura perché loro
hanno piú paura di te, tu sei il gigante, e l'ultima
cosa che gli rimane è cercare di spaventarti. E se

tu non lo sai che sono buoni, che non fanno niente, che è una finta, non li tocchi.

Si è aperta la porta.

Per un istante la stanza si è illuminata. Ho visto la figura nera di mamma, e dietro il vecchio.

Mamma ha richiuso la porta. – Siete svegli?

– Sí, – le abbiamo risposto.

Ha acceso la luce sul comodino. In mano stringeva un piatto con del pane e del formaggio. Si è seduta sul bordo del letto. – Vi ho portato da mangiare –. Parlava piano, con la voce stanca. Aveva le occhiaie, i capelli in disordine ed era sciupata. – Mangiate e mettetevi a dormire.

– Mamma…? – ha detto Maria.

Mamma ha poggiato il piatto sulle ginocchia. – Che c'è?

– Che succede?

– Niente –. Mamma cercava di tagliare il formaggio, ma la mano le tremava. Non era brava a recitare. – Ora mangiate e poi… – Si è piegata, ha poggiato il piatto a terra e si è messa una mano in faccia e ha cominciato a piangere in silenzio.

– Mamma… Mamma… Perché piangi? – Maria è scoppiata a singhiozzare.

Anch'io sentivo un groppo che mi si gonfiava nella gola. Ho detto: – Mamma? Mamma?

Ha sollevato la testa e mi ha guardato con gli occhi rossi e lucidi. – Che c'è?

– È morto, vero?

Mi ha dato uno schiaffo sulla guancia e mi ha sbatacchiato come se fossi di pezza. – Nessuno è morto! Nessuno è morto! Capito? – Ha fatto una smorfia di dolore e ha sussurrato. – Tu sei troppo piccolo… – Ha spalancato la bocca e mi ha stretto al petto.

Ho cominciato a piangere.

Ora piangevamo tutti.

Di là il vecchio urlava.

Mamma l'ha sentito e si è scostata da me. – Ora basta! – Si è asciugata le lacrime. Ci ha dato due fette di pane. – Mangiate.

Maria ha affondato i denti nel pane, ma non poteva ingoiare, scossa com'era dai singhiozzi. Mamma le ha strappato la fetta dalle mani.

– Non avete fame? Non fa niente –. Ha preso il piatto. – Mettetevi giú –. Ha tirato via i cuscini e ha spento la luce. – Se vi dànno fastidio i rumori, infilate la testa qua sotto. Forza! – Ce li ha poggiati sul capo.

Ho provato a liberarmi. – Mamma, ti prego. Non respiro.

– Ubbidite! – Ha ringhiato e ha premuto forte.

Maria era disperata, sembrava che la stavano sgozzando.

– Finiscila! – Mamma ha urlato cosí forte, che per un istante pure di là hanno smesso di litigare. Ho avuto paura che la picchiava.

Maria si è azzittita.

Se ci muovevamo, se parlavamo, mamma ripeteva come un disco rotto: – Sssst! Dormite.

Io ho fatto finta di dormire e ho sperato che anche Maria facesse lo stesso. E dopo un po' si è placata pure lei.

Mamma è rimasta cosí per tanto tempo, ero sicuro che sarebbe stata tutta la notte con noi, ma si è alzata. Pensava che dormivamo. Ha chiuso la porta ed è uscita.

Ci siamo tolti i cuscini. Era buio, ma il riflesso fioco del lampione in strada rischiarava la stanza. Mi sono alzato.

Maria si è messa a sedere, si è infilata gli occhiali e, tirando su con il naso, mi ha chiesto: – Che fai?

Mi sono poggiato un dito sul naso. – Zitta.

Ho messo l'orecchio sulla porta.

Continuavano a discutere, piú piano ora. Sentivo la voce di Felice e del vecchio, ma non capivo niente. Ho provato a guardare dal buco della serratura, ma si vedeva il muro.

Ho afferrato la maniglia.

Maria si è morsa la mano. – Che fai, sei pazzo?

– Zitta! – Ho aperto uno spiraglio.

Felice era in piedi, vicino alla cucina. Addosso portava una tuta verde, la zip abbassata fin sotto le costole lasciava scorgere i pettorali gonfi. Aveva lo sguardo fisso e la bocca socchiusa sui dentini da latte. Si era rapato i capelli a zero.

– Io? – ha detto mettendosi una mano sul petto.

– Sí, tu, – ha fatto il vecchio. Era seduto a tavola, con una gamba poggiata su un ginocchio, una sigaretta tra le dita e un sorriso perfido sulla bocca.

– Io sarei frocio? Recchione? – ha chiesto Felice.

Il vecchio ha confermato. – Esattamente.

Felice ha storto la testa. – E... E come lo avresti scoperto?

– Si vede da tutto. Sei frocio. Non c'è niente da fare. E... – Il vecchio ha fatto un tiro. – Lo sai qual è la cosa peggiore?

Felice ha aggrottato le sopracciglia, interessato. – No, qual è?

Sembravano due amici che si fanno confidenze segrete.

Il vecchio ha spento la cicca nel piatto. – È che non lo sai. Questo è il tuo problema. Sei nato frocio e non lo sai. Hai una certa età, non sei piú un pischello. Renditi conto. Staresti meglio. Faresti quello che fanno i froci, ossia prenderlo in culo. Invece ci fai il duro, ci fai l'uomo, parli e straparli, ma tutto quello che fai e dici suona falso, suona frocio.

Papà stava in piedi e sembrava seguire il discorso, ma era da un'altra parte. Il barbiere era poggiato alla porta come se la casa dovesse cadere da un momento all'altro e mamma, seduta sul divano, guardava, con un'espressione vuota, la televisione con il volume a zero. Il lampadario era avvolto da una nube di moscerini che cadevano neri e stecchiti sui piatti bianchi.

– Ascoltatemi, ascoltatemi, ridiamoglielo. Ridiamoglielo, – se n'è uscito papà all'improvviso.

Il vecchio lo ha guardato, ha scosso la testa e ha sorriso. – Tu sta' buono, che è meglio.

Felice ha guardato papà, poi si è avvicinato al vecchio. – Io sarò pure recchione, ma tu intanto, pezzo di merda di un romano, ti prendi questo cazzotto –. Ha sollevato un braccio e gli ha dato un pugno in bocca.

Il vecchio è stramazzato a terra.

Ho fatto due passi indietro e mi sono messo le mani nei capelli. Felice aveva picchiato il vecchio. Ho cominciato a tremare e mi è salito su il vomito, ma non ho potuto fare a meno di tornare a guardare.

In cucina, papà urlava. – Che cazzo fai? Sei impazzito? – Aveva afferrato Felice per un braccio e cercava di tirarlo via.

– Mi ha detto che sono recchione, questo bastardo… – Felice stava per mettersi a frignare. – Io lo ammazzo…

Il vecchio era a terra. Mi faceva pena. Volevo aiutarlo e non potevo. Tentava di risollevarsi, ma gli scivolavano i piedi sul pavimento e le braccia non lo sostenevano. Dalla bocca gli colava sangue e saliva. Gli occhiali che portava sulla testa ora stavano sotto il tavolo. Continuavo a guardargli quei polpacci bianchi, secchi e senza peli che spuntavano dai pantaloni di tela azzurra. Si è attaccato con le mani al bordo del tavolo e lentamente si è tirato su e si è messo in piedi. Ha preso un tovagliolo e se l'è premuto sulla bocca.

Mamma piangeva sul divano. Il barbiere era inchiodato alla porta come se avesse visto il diavolo.

Felice ha fatto due passi verso il vecchio nonostante papà cercasse di trattenerlo. – Allora? Secondo te questo è un pugno di un recchione, eh? Dimmi un'altra volta che sono recchione e giuro che da terra non ti rialzi mai piú.

Il vecchio si è seduto su una sedia e con il tovagliolo si tamponava uno spacco enorme sul labbro. Poi ha sollevato la testa e ha guardato fisso Felice e ha detto con voce ferma: – Se sei un uomo dimostralo, allora –. Un lampo malvagio gli è balenato nello sguardo. – Avevi detto che lo facevi tu e ti sei rimangiato tutto. Come dicevi? Io lo apro come un agnello, non c'è problema, io non ho paura. Io sono paracadutista. Io qua, io là. Chiacchierone, sei solo un chiacchierone. Sei peggio di un cane, non sei buono nemmeno a fare la guardia a un bambino –. Ha sputato un fiotto di sangue sul tavolo.

– Pezzo di merda! – ha piagnucolato Felice trascinandosi dietro papà. – Io non lo faccio! Perché lo devo fare io, perché? – Sulle guance sbarbate gli scendevano due rivoli di lacrime.

– Aiutami! Aiutami! – ha urlato papà al padre di Barbara. E il barbiere si è avventato su Felice. In due riuscivano a malapena a tenerlo fermo.

– Io non lo faccio, stronzo! – ha ripetuto Felice. – Io non ci vado in galera per te. Scordatelo!

Ora lo uccide, mi sono detto.

Il vecchio si è messo in piedi. – Lo faccio io, allora. Ma sta' tranquillo, che tanto se me ne scendo io, te ne scendi pure tu. Ti porto giú con me, pezzente. Ci puoi stare sicuro.

– Mi porti dove, romano di merda? – Felice si è fatto avanti a testa bassa. Papà e il barbiere hanno cercato di trattenerlo ma lui se li è scrollati di dosso come forfora e si è avventato di nuovo sul vecchio.

Il vecchio ha tirato fuori la pistola dai pantaloni e gliel'ha poggiata sulla fronte. – Prova a colpirmi un'altra volta. Provaci. Fallo, dài. Ti prego, fallo…

Felice si è immobilizzato, come se giocasse a un due tre stella.

Papà si è messo in mezzo. – State calmi, basta! Avete rotto i coglioni tutti e due –. E li ha divisi.

– Provaci! Il vecchio si è cacciato la pistola sotto la cinta. Sulla fronte di Felice è rimasto un cerchietto rosso.

Mamma, seduta in un angolo, piangeva e ripeteva con la mano sulla bocca: – Piano! Fate piano! Fate piano! Fate piano!

– Perché gli vuole sparare?

Mi sono voltato.

Maria si era alzata e stava alle mie spalle.

– Torna a letto, – le ho urlato sottovoce.

Ha fatto di no con la testa.

– Maria, torna a letto!

Mia sorella ha strizzato la bocca e ha fatto no.

Ho sollevato una mano, stavo per darle un ceffone, ma mi sono trattenuto. – Torna a letto e non provare a piangere.

Ha ubbidito.

Papà intanto era riuscito a metterli seduti. Lui invece continuava a camminare, con gli occhi lucidi, una luce folle gli si era accesa dentro.

– Basta. Facciamo la conta. Quanti siamo? Quattro. Alla fine, di tutti quelli che eravamo, siamo rimasti in quattro. I piú fessi. Meglio. Chi perde lo ammazza. È tanto facile.

– E si piglia l'ergastolo, – ha detto il barbiere mettendosi una mano sulla fronte.

– Bravo! – Il vecchio batteva le mani. – Vedo che cominciamo a ragionare.

Papà ha preso una scatola di fiammiferi e l'ha mostrata a tutti. – Ecco qua. Facciamo un gioco. Lo conoscete il tocco del soldato?

Ho chiuso la porta.

Conoscevo quel gioco.

Nel buio ho trovato la maglietta e i pantaloni e me li sono infilati. Dov'erano finiti i sandali?

Maria era sul letto e mi guardava. – Che fai?

– Niente –. Erano in un angolo.

– Dove stai andando?

Me li sono infilati. – In un posto.

– La sai una cosa, tu sei cattivo, molto cattivo.

Sono salito sul letto e da lí sul davanzale.

– Che fai?

Ho guardato di sotto. – Vado da Filippo –. Papà aveva parcheggiato il Lupetto sotto la nostra finestra, per fortuna.

– Chi è Filippo?

– È un amico mio.

Era alto e il telone era marcio. Papà diceva sempre che ne doveva comprare uno nuovo. Se ci fossi caduto sopra di piedi si sarebbe strappato e mi sarei schiantato sul pianale del camion.

– Se lo fai lo dico a mamma.

L'ho guardata. – Stai tranquilla. C'è il camion. Tu dormi. Se viene mamma... – Che doveva dirle? – Dille... Dille quello che ti pare.

– Ma si arrabbia.

– Non importa –. Mi sono fatto il segno della croce, ho trattenuto il respiro, ho fatto un passo e mi sono lasciato cadere a braccia aperte.

Sono finito di schiena al centro del telone senza farmi neanche un graffio. Reggeva.

Maria si è affacciata alla finestra. – Torna presto, ti prego.

– Torno subito. Non ti preoccupare –. Sono salito sulla cabina di guida e da lí sono sceso a terra.

La strada era tetra, come quella notte senza stelle. Le case erano scure e silenziose. Le uniche finestre illuminate erano quelle di casa mia. Il lampione vicino alla fontana era circondato da una palla di moscerini.

Il cielo si era coperto di nuovo e Acqua Traverse era avvolta da una coltre nera e spessa di tenebre. Ci dovevo entrare dentro per arrivare alla fattoria di Melichetti.

Dovevo farmi coraggio.

Tiger Jack. Pensa a Tiger Jack.

L'indiano mi avrebbe aiutato. Prima di fare una mossa, dovevo pensare a cosa avrebbe fatto l'indiano al posto mio. Questo era il segreto.

Sono corso dietro casa a prendere la bicicletta. Il cuore già mi martellava il petto.

Red Dragon era poggiata tutta spavalda e colorata sulla Scassona.

Stavo per prenderla, ma mi sono detto, che sono impazzito? Con questo trabiccolo cretino dove vado?

Volavo sulla vecchia Scassona.

Mi incitavo. – Vai, Tiger, vai.

Ero immerso nell'inchiostro. La strada la vedevo appena e quando non la vedevo, me la immaginavo. Ogni tanto il bagliore fiacco della luna riusciva a diffondersi nella trapunta di nuvole che copriva il cielo e allora scorgevo per qualche istante i campi e le sagome nere delle colline ai lati della carreggiata.

Stringevo i denti e contavo le pedalate.

Uno, due, tre, respiro…

Uno, due, tre, respiro…

Le gomme frusciavano sul pietrisco. Il vento mi si appiccicava in faccia come un panno caldo.

Il richiamo stridulo di una civetta, l'abbaio di un cane lontano. C'era silenzio. Ma sentivo lo stesso i loro bisbigli nelle tenebre.

Me li immaginavo ai bordi della strada, degli esseri piccoli, con le orecchie da volpe e gli occhi rossi, che mi osservavano e discutevano tra loro.

Guarda! Guarda, un ragazzino!

Che ci fa di notte da queste parti?

Pigliamolo!

Sí, sí, sí, è buono… Pigliamolo!

E dietro c'erano i signori delle colline, i giganti di terra e spighe che mi seguivano, aspettando solo che finivo fuori strada per venirmi sopra e seppellirmi. Li sentivo respirare. Facevano lo stesso suono del vento nel grano.

Il segreto era rimanere al centro della strada, ma dovevo essere pronto a tutto.

Lazzaro non aveva paura di niente.

Lo vedrai, mi sono detto.

Nella notte Lazzaro era luminoso. Si accendeva e si spegneva come l'insegna del bar La Perla di Lucignano. E quando si accendeva si vedevano le formiche camminargli nelle vene. Non andava veloce, di questo ero sicuro, e se si fosse messo a correre sarebbe caduto a pezzi. L'importante era passargli a lato, senza fermarsi, senza rallentare.

– Filippo... sto arrivando... Filippo... arrivo... – mi ripetevo ansimando di fatica.

Mentre mi avvicinavo alla fattoria un terrore nuovo, ancora piú soffocante, mi cresceva dentro. Sulla nuca avevo i capelli dritti come aghi.

I maiali di Melichetti.

I signori delle colline e compagnia bella mi terrorizzavano, ma sapevo che non esistevano, che me li inventavo io, che non ne potevo parlare con nessuno perché mi avrebbero preso in giro, dei maiali invece ne potevo parlare benissimo perché esistevano veramente ed erano affamati.

Di carne viva.

«Il bassotto ha provato a scappare, ma i maiali non gli hanno dato scampo. Massacrato in due secondi». Cosí aveva detto il Teschio.

Forse di notte Melichetti li lasciava liberi. Si aggiravano intorno alla fattoria, enormi, cattivi, con le zanne affilate e i nasi all'aria.

Piú mi ci tenevo lontano da quelle bestiacce e meglio era.

In lontananza una luce fioca è apparsa nelle tenebre.

La fattoria.

Ero quasi arrivato.

Ho frenato. Il vento non c'era piú. L'aria era ferma e calda. Dalla gravina poco distante arrivava il suono dei grilli. Sono sceso dalla bicicletta e l'ho buttata tra i rovi, accanto alla strada.

Non si vedeva niente.

Avanzavo veloce respirando appena, e continuavo a gettarmi occhiate alle spalle. Temevo che l'artiglio affilato di un mostro mi affondasse nel collo. Ora che ero a piedi c'erano un sacco di rumori, fruscii, tonfi, suoni strani. Intorno avevo una massa nera e compatta che premeva contro la strada. Mi sono bagnato le labbra secche, avevo un sapore amaro in bocca. Il cuore mi martellava in gola.

Ho poggiato la suola del sandalo su una roba viscida, ho sobbalzato, ho lanciato un gridolino strozzato e sono finito a terra grattugiandomi un ginocchio.

– Chi è? Chi è? – ho balbettato e mi sono appallottolato, aspettandomi di essere avviluppato dai tentacoli gelatinosi e urticanti di una medusa.

Due tonfi sordi e un «Buà buà buà».

Un rospo! Avevo pestato un rospo del grano. Quel cretino si era messo in mezzo alla strada.

Mi sono rialzato e zoppicando ho proseguito verso la lucina.

Non mi ero portato neanche una torcia. Avrei potuto prendere quella che stava nel camion di papà.

Quando sono arrivato ai bordi del cortile, mi sono nascosto dietro un albero.

La casa era a un centinaio di metri. Le finestre erano buie. Solo una lampadina pendeva di fianco alla porta e illuminava un pezzo di muro scrostato e il dondolo arrugginito.

Poco oltre, nell'oscurità, c'erano i recinti dei maiali. Già da lí sentivo l'odore ributtante dei loro escrementi.

Dove poteva stare Filippo?

Giú nella gravina, aveva detto Salvatore. Dentro quel lungo canalone c'ero andato un paio di volte d'inverno con papà, a cercare i funghi. Era tutto rocce, buchi e pareti di pietra.

Se passavo per i campi, arrivavo sul bordo della gravina e da lí potevo scendere sul fondo senza dovermi avvicinare troppo alla casa.

Era un buon piano.

Ho attraversato il campo di corsa. Avevano tagliato il grano. Di giorno, senza le spighe, mi avrebbero visto, ma ora, senza la luna, ero al sicuro.

Mi sono fermato sul pizzo del burrone. Sotto era cosí nero che non mi rendevo conto di quanto era scoscesa la roccia, se era liscia o se c'erano degli appigli.

Continuavo a maledirmi per non essermi portato la torcia. Non potevo scendere di lí. Rischiavo di farmi male.

L'unica era avvicinarsi alla casa, in quel punto la gravina era piú bassa, e c'era una stradina che andava giú tra le rocce. Ma lí c'erano anche i maiali.

Ero coperto di sudore.

«I maiali hanno il migliore odorato del mondo, altro che i segugi», diceva il padre del Teschio, che era cacciatore.

Non potevo passare di lí. Mi avrebbero sentito.

Cos'avrebbe fatto Tiger Jack al posto mio?

Li avrebbe affrontati. Li avrebbe massacrati con il suo Winchester e li avrebbe trasformati in salsicce da arrostire sul fuoco insieme a Tex e a Capelli d'argento.

No. Non era nel suo stile.

Cos'avrebbe fatto?

Pensa, mi sono detto. Sforzati.

Avrebbe cercato di levarsi l'odore umano di dosso, questo avrebbe fatto.

Gli indiani quando andavano a caccia di bufali si spalmavano di grasso e si mettevano sulla schiena le pellicce. Ecco cosa dovevo fare: mi dovevo spalmare di terra. Non di terra, di merda. Meglio. Se puzzavo di merda non si sarebbero accorti di me.

Mi sono avvicinato il piú possibile alla casa, rimanendo nel buio.

La puzza aumentava.

Oltre i grilli sentivo qualcos'altro. Una musica. Note di pianoforte e una voce roca che cantava: «Che acqua gelida qua, nessuno piú mi salverà. Son caduto dalla nave, son caduto, mentre a bordo c'era il ballo. Onda su onda…»

Melichetti era un cantante?

Qualcuno stava seduto sul dondolo. A terra, vicino, c'era una radio. O era Melichetti o sua figlia zoppa.

L'ho spiato un po', acquattato dietro dei vecchi pneumatici di trattore.

Sembrava morto.

Mi sono avvicinato di piú.

Era Melichetti.

La testa rinsecchita abbandonata su un cuscino lurido, la bocca aperta e la doppietta sulle ginocchia. Russava cosí forte che anche da là riuscivo a sentirlo.

Via libera.

Sono uscito allo scoperto, ho fatto qualche passo e i latrati acuti di un cane hanno stracciato il silenzio. Per un istante anche i grilli si sono zittiti.

Il cane! Mi ero scordato del cane.

Due occhi rossi correvano nell'oscurità. Si tirava dietro la catena e abbaiava tutto strozzato.

Mi sono tuffato a pesce nelle stoppie.

– Che c'è? Che hai? Che ti ha preso? – ha sobbalzato Melichetti. Stava sul dondolo e girava la testa come un gufo. – Tiberio! Buono! Stai buono, Tiberio!

Ma la bestia non la finiva piú di abbaiare, allora Melichetti si è stiracchiato, si è messo il collare ortopedico e si è tirato su, ha spento la radio e ha acceso la torcia.

– Chi c'è? Chi c'è? C'è qualcuno? – ha urlato al buio e si è fatto un paio di giri svogliati per il cortile con la doppietta sotto il braccio, puntando il fascio di luce intorno. È ritornato indietro brontolando. – Piantala di fare questo casino. Non c'è nessuno.

L'animale si è schiacciato a terra e ha preso a ringhiare tra i denti.

Melichetti è entrato in casa sbattendo la porta.

Mi sono tenuto il piú lontano possibile dal cane e mi sono avvicinato alla porcilaia. Scorgevo, nelle tenebre, le sagome squadrate dei recinti. Il puzzo acre aumentava e mi grattava la bocca.

Mi dovevo mimetizzare. Mi sono tolto la maglietta e i pantaloncini. In mutande ho immerso le mani nella terra inzuppata di piscia e storcendo il naso mi sono cosparso il busto, le braccia, le gambe e la faccia di quella pappa schifosa.

– Vai, Tiger. Vai e non ti fermare, – ho sussurrato e ho cominciato ad avanzare a quattro zampe. Faticavo. Affondavo con le mani e con le ginocchia nel fango.

Il cane ha ripreso ad abbaiare.

Mi sono ritrovato tra due recinti. Davanti a me c'era un corridoio largo meno di un metro che si perdeva nell'oscurità.

Li sentivo. Erano lí. Facevano dei versi bassi e profondi che assomigliavano al ruggito di un leone. Avvertivo la loro forza nel buio, si muovevano in branco e pestavano con gli zoccoli, e le sbarre vibravano per le spinte.

Vai avanti e non ti girare, mi sono ordinato.

Pregavo che la mia armatura fatta di merda funzionasse. Se uno di quei bestioni infilava il muso tra le sbarre, con un morso mi staccava una gamba.

Vedevo la fine del recinto quando c'è stato uno scalpiccio improvviso e dei grugniti, come se litigassero.

Non ho potuto fare a meno di guardare.

A un metro, due occhi gialli e maligni mi osservavano. Dietro quei piccoli fari ci dovevano essere centinaia di chili di muscoli, carne e setole e unghie e zanne e fame.

Ci siamo fissati per un istante infinito, poi l'essere ha fatto uno scatto e ho avuto la certezza che avrebbe abbattuto il recinto.

Ho urlato e sono saltato in piedi e sono corso e sono scivolato nel letame e mi sono rialzato, ho ricominciato a correre, a bocca aperta, nel nero, stringendo a morte i pugni e a un tratto ero in aria, volavo, il cuore mi è finito in bocca e le budella mi si sono chiuse in un pugno di dolore.

Avevo superato il bordo della gravina.

Precipitavo nel vuoto.

Sono finito, un metro piú sotto, tra i rami di un ulivo che cresceva sbilenco tra le rocce scoscese e sollevava la chioma sopra lo strapiombo.

Mi sono abbrancato a un ramo. Se non ci fosse stato quell'albero benedetto a fermare la mia caduta mi sarei spiaccicato sulle rocce. Come Francesco.

Uno spicchio di luna si era aperto un varco attraverso le nuvole livide e riuscivo a vedere, sotto di me, quella lunga ferita nella campagna.

Ho provato a girarmi ma il tronco ondeggiava come un pennone. Ora si spezza, mi sono detto. Finisco giú con tutto l'albero.

Mi tremavano le mani e le gambe e a ogni movimento avevo la sensazione di scivolare giú. Quando finalmente ho stretto tra le dita la roccia ho ripreso aria. Sono risalito sul bordo della gravina.

Era profonda e si sviluppava a destra e a sinistra per diverse centinaia di metri. Dentro era tutto buchi, anfratti e alberi.

Filippo poteva essere dovunque.

Alla mia destra partiva un viottolo che s'insinuava ripido tra le rocce bianche. C'era un palo conficcato nella terra, a cui era legata una corda consumata che doveva servire a Melichetti per aiutarsi a scendere. Mi ci sono attaccato e ho seguito il sentiero scosceso. Dopo pochi metri sono arrivato su un terrapieno coperto di sterco. Era recintato da un parapetto fatto con dei rami legati tra loro. A uno spuntone erano appesi dei vestiti, delle corde e delle falci. Poco piú in là erano ammucchiati dei pali di legno. Legate a una radice che spuntava dal terreno c'erano tre caprette e una capra piú grande. Mi fissavano.

Gli ho detto: – Invece di guardarmi come delle cretine, ditemi dove sta Filippo.

Un'ombra nera e silenziosa mi è calata addosso

dal cielo, mi è passata sopra, mi sono riparato la testa con le mani.

Una civetta.

È risalita, si è dissolta nel nero, poi è scesa di nuovo verso il terrapieno ed è ritornata in cielo.

Strano, erano uccelli buoni.

Perché mi attaccava?

– Me ne vado, me ne vado, – ho sussurrato.

La stradina proseguiva e io ho ripreso la discesa reggendomi alla corda. Dovevo camminare rannicchiato e tastare con le mani gli ostacoli che mi si paravano davanti, come fanno i ciechi. Quando sono arrivato in fondo alla gola, sono rimasto a bocca aperta. I cespugli di pungitopo, i cardi, i corbezzoli, i muschi e le rocce erano coperti di puntini luminosi che pulsavano come piccoli fari nella notte. Lucciole.

Le nubi si erano diradate e una mezza luna tingeva di giallo la gravina. I grilli cantavano. Il cane di Melichetti aveva smesso di abbaiare. C'era pace.

Di fronte a me cresceva un boschetto di ulivi e dietro, sull'altro versante della gola, si apriva una stretta spaccatura nella pietra.

Da dentro usciva un odore acido, di sterco. Sono entrato appena e ho sentito movimenti e belati. Un tappeto di pecore. Le avevano chiuse dentro la grotta con una rete metallica. Erano stipate come sardine. Spazio per Filippo non ce n'era.

Sono tornato sull'altro versante, ma non riuscivo a trovare buchi, tane dove nascondere un bambino.

Quando mi ero buttato giú dalla finestra non mi era nemmeno passato per la testa che forse non riuscivo a trovarlo. Mi bastava attraversare il buio e non farmi mangiare dai maiali e lui era lí.

Non era cosí.

Quella gravina era lunghissima e Filippo potevano averlo messo da un'altra parte.

Ero avvilito. – Filippo, dove sei? – ho urlato. Ma molto piano. Melichetti mi poteva sentire. – Rispondimi! Dove sei? Rispondimi.

Niente.

Mi ha risposto solo una civetta. Faceva un verso strano, sembrava che dicesse «Tuttomio, tuttomio, tuttomio». Poteva essere la stessa che mi aveva attaccato prima.

Non era giusto. Avevo fatto tutta quella strada, avevo rischiato la vita per lui e lui non si faceva trovare. Ho cominciato a correre avanti e indietro tra le rocce e gli ulivi, a caso, mentre mi pigliava la disperazione.

Per la rabbia ho afferrato un ramo da terra e ho cominciato a batterlo contro una roccia, fino a spellarmi le mani. Poi mi sono seduto. Scuotevo il capo e cercavo di allontanare il pensiero che tutto era stato inutile.

Ero scappato di casa come uno scemo.

Papà doveva essere infuriato. Mi avrebbe ammazzato di botte.

Si dovevano essere accorti che non c'ero in camera mia. E anche se non lo avevano scoperto, tra poco arrivavano lí per uccidere Filippo.

Papà e il vecchio davanti, Felice e il barbiere dietro. A tutta velocità, nel buio, sulla macchina grigia con il mirino sul cofano, schiacciando con le ruote i rospi.

Michele, che aspetti? Torna a casa, mi ha ordinato la voce di Maria.

– Torno, – ho detto.

Avevo fatto quello che potevo e lui non si era fatto trovare. Non avevo colpe.

Dovevo muovermi in fretta, potevano arrivare da un momento all'altro.

Se correvo, senza fermarmi mai, forse arrivavo a casa prima che loro uscivano. Nessuno si sarebbe accorto di nulla. Sarebbe stato bello.

Mi sono arrampicato veloce tra le rocce ripercorrendo la strada già fatta. Ora che c'era un po' di luce era più facile.

La civetta. Volteggiava sopra il terrapieno, e quando passava davanti alla luna vedevo la sagoma nera, le ali larghe e corte.

– Ma che vuoi? – Sono passato sul terrapieno di corsa, vicino alle caprette, e l'uccello ha picchiato di nuovo. Mi sono allontanato e mi sono voltato a guardare quella civetta pazza.

Continuava a volteggiare sul terrapieno. Sfiorava la catasta di pali poggiati contro la roccia, faceva un giro e tornava indietro, testarda.

Ma perché faceva così? C'era un topo? No. Cosa, allora?

Il nido!

Certo. Il nido. I piccoli.

Anche le rondini se gli butti giú il nido continuano a girare in tondo fino a quando non muoiono di stanchezza.

A quella civetta gli avevano coperto il nido. E le civette fanno il nido nei buchi.

I buchi!

Sono tornato indietro e ho cominciato a spostare i pali accatastati con la civetta che mi sfiorava. – Aspetta, aspetta, – le ho detto.

Nascosta alla buona c'era un'apertura nella roccia. Una bocca ovale larga come la ruota di un camion.

La civetta ci si è infilata dentro.

Era nero come la pece. E c'era odore di legna bruciata e cenere. Non capivo quanto era profondo.

Ci ho infilato la testa e ho chiamato. – Filippo?

Mi ha risposto l'eco della mia voce

– Filippo? – Mi sono affacciato di piú. – Filippo?

Ho aspettato. Nessun rumore.

– Filippo, mi senti?

Non c'era.

Non c'è. Corri a casa, mi ha ripetuto la voce di mia sorella.

Ho fatto tre passi quando ho avuto l'impressione di sentire un lamento, un gemito sordo.

Me l'ero immaginato?

Sono tornato indietro e ho cacciato la testa nel buco.

– Filippo? Filippo, ci sei?

E dal buco è uscito un «Mmmm! Mmmm!»

– Filippo, sei tu?

– Mmmm!

Era lí!

Ho sentito un peso che mi si scioglieva nel petto, mi sono appoggiato alla roccia e sono scivolato giú. Sono rimasto lí seduto, abbandonato su quel terrapieno coperto di cacche di capra, con il sorriso sulla bocca.

Lo avevo trovato.

Mi veniva da piangere. Mi sono asciugato gli occhi con le mani.

– Mmmm!

Mi sono alzato. – Arrivo. Arrivo subito. Hai visto? Sono venuto, ho mantenuto la promessa. Hai visto?

Una corda. Ne ho trovata una, arrotolata accanto alle falci. L'ho legata alla radice dove stavano le capre e l'ho gettata nel buco. – Eccomi.

Mi sono calato dentro. Il cuore pompava cosí forte da farmi tremare il petto e le braccia. Le tenebre mi davano le vertigini. Mi mancava l'aria. Sembrava di stare nel petrolio e faceva freddo.

Non ho fatto neanche due metri che ho toccato terra. Era pieno di pali, pezzi di legno, cassette dei pomodori ammassate. Carponi, con le mani avanti tastavo il buio. Ero nudo e tremavo per il gelo.

– Filippo, dove sei?

– Mmmm!

Gli avevano tappato la bocca.

– Sto… – Un piede mi si è infilato tra i rami, sono scivolato a braccia in avanti sopra delle fascine piene di spine. Una fitta aguzza di dolore mi ha azzannato la caviglia. Ho urlato e un rigurgito caldo e acido di bile mi è salito su. Una vampata ghiacciata mi ha spazzato la schiena e ho sentito le orecchie in fiamme.

Con le mani che tremavano ho tirato fuori il piede incastrato. Il dolore mi premeva dentro la caviglia. – Mi sa che ho preso una storta, – ho rantolato. – Dove stai?

– Mmmm!

Mi sono trascinato, a denti stretti, verso il gemito, e l'ho trovato. Era sotto le fascine. Gliele ho tolte di dosso e l'ho tastato. Era steso a terra. Nudo. Aveva le braccia e le gambe legate con lo scotch da pacchi.

– Mmmm!

Gli ho messo le mani sulla faccia. Anche sulla bocca aveva lo scotch.

– Non puoi parlare. Aspetta, te lo levo. Forse ti faccio un po' male.

Gliel'ho strappato via. Non ha urlato, ma ha cominciato ad ansimare.

– Come stai?

Non ha detto niente.

– Filippo, come stai, rispondimi?

Ansimava come il bracco morso dalla vipera.

– Ti senti male?

Gli ho toccato il petto. Si gonfiava e si sgonfiava troppo in fretta.

– Ora andiamo via. Andiamo via. Aspetta –. Ho provato a slegargli i polsi e le caviglie. Era stretto. Alla fine, con i denti, disperato, ho cominciato a segare lo scotch. Gli ho liberato prima le mani e poi i piedi.

– Ecco fatto. Andiamo –. Gli ho preso un braccio. Ma il braccio è ricaduto senza forze. – Mettiti dritto, ti prego. Dobbiamo andare, stanno arrivando –. Cercavo di tirarlo su, ma ricadeva giú come un burattino. Non c'era piú un briciolo di energia in quel corpicino esausto. Non era morto solo perché continuava a respirare. – Io non ti posso portare su. Mi fa male la gamba! Ti prego, Filippo, aiutami... – L'ho preso per le braccia. – Dài! Dài! – L'ho messo seduto, ma appena l'ho lasciato si è afflosciato a terra. – Che devo fare? Non lo capisci che ti sparano se resti qua? – Un groppo mi otturava la gola. – Muori cosí, scemo, brutto scemo! Io sono venuto qui per te, fino a qua, io la promessa l'ho mantenuta e tu... e tu... – Sono scoppiato a piangere. Ero scosso dai singhiozzi. – Ti... devi... alzare... stupido, stupido... che... non sei altro –. Ci ho riprovato ancora e ancora, testardo, ma si è lasciato andare nella cenere, con il capo tutto piegato, come una gallina morta. – Alzati! Alzati! – ho urlato, e l'ho preso a pugni.

Non sapevo che fare. Mi sono accucciato, con la testa sulle ginocchia. – Non sei ancora morto, lo capisci? – Sono rimasto cosí, a piangere. – Questo non è il paradiso.

Per un istante ha smesso di ansimare e ha bisbigliato qualcosa.

Ho avvicinato l'orecchio alla bocca. – Cos'hai detto?

Ha sussurrato. – Non ce la faccio.

L'ho scosso. – Come non ce la fai?

– Non ce la faccio, scusami.

– Sí che ce la fai. Sí…

Non parlava piú. L'ho abbracciato. Coperti di fango, tremavamo di freddo. Non c'era piú niente da fare. Non ce la facevo neanche io. Mi sentivo stanco da morire, stremato, la caviglia continuava a battere. Ho chiuso gli occhi, il cuore ha cominciato a rilassarsi e senza volerlo mi sono addormentato.

Ho riaperto gli occhi.

Era buio. Per un secondo ho creduto di essere a casa, nel mio letto.

Poi ho sentito il cane di Melichetti abbaiare. E delle voci.

Erano arrivati.

L'ho strattonato. – Filippo! Filippo, stanno qua! Ti vogliono ammazzare. Alzati.

Ha ansimato. – Non posso.

– Sí, invece. Ci scommetti? – Mi sono inginocchiato e con le mani l'ho spinto in avanti, tra i rami, fregandomene del male. Mio, suo. Dovevo portarlo fuori da quel buco. Le fascine mi graffiavano ma ho continuato a spingere, stringendo i denti, fino sotto la bocca nella roccia.

Le voci erano vicine. E un bagliore balenava sulle fronde degli alberi

L'ho acchiappato per le braccia. – Ora devi

metterti in piedi. Lo devi fare. E basta –. L'ho tirato su, mi si è aggrappato al collo. Si è messo dritto. – Hai visto, stupido? Hai visto che ti sei messo in piedi, eh? Ora però devi salire. Io ti spingo da sotto, ma tu ti devi attaccare al buco.

Ha preso a tossire. Sembrava che dentro il petto gli schizzassero dei sassi. Quando finalmente ha smesso, ha scosso la testa e ha detto: – Senza te non vado.

– Come?

– Senza te non vado.

Lo abbracciavo come fosse un fantoccio. – Non fare il cretino. Arrivo subito.

Ora sembravano lí. Il cane abbaiava sopra la mia testa.

– No.

– Tu invece te ne vai, hai capito? – Se lo mollavo crollava a terra. L'ho preso tra le braccia e l'ho spinto verso l'alto. – Prendi la corda, forza.

E l'ho sentito piú leggero. Si era attaccato! Quel bastardo alla fine si era attaccato alla corda! Era su di me. Poggiava i piedi sulle mie spalle.

– Ora io ti spingo, ma tu continua a tirarti su con le braccia, capito? Non mollare.

Ho visto la sua piccola testa avvolta dalla luce pallida del buco.

– Sei arrivato. Ora tirati fuori.

Ci ha provato. Lo sentivo che si sforzava inutilmente. – Aspetta. Ti aiuto io, – ho detto, afferrandolo per le caviglie. – Ti dò una spinta. Tu buttati –. Ho fatto forza sulle gambe e stringendo i denti l'ho lanciato fuori e l'ho visto sparire inghiottito dalla bocca, nello stesso istante ho sentito come un lungo chiodo appuntito conficcarsi dentro l'osso della caviglia fino al midollo e una fitta tagliente di dolore attraversarmi come una scossa la gamba fino all'inguine, e sono crollato giú.

– Michele! Michele, ce l'ho fatta! Vieni.

Ho ruttato aria acida. – Arrivo. Arrivo subito.

Ho provato ad alzarmi ma la gamba non rispondeva piú. Da terra ho cercato di acchiappare la corda senza riuscirci.

Sentivo le voci sempre piú vicine. Il rumore dei passi.

– Michele, vieni?

– Arrivo.

La testa mi girava, ma mi sono messo in ginocchio. Non ce la facevo a tirarmi su.

Ho detto: – Filippo, scappa!

Si è affacciato. – Sali!

– Non ce la faccio. La gamba. Scappa, tu!

Ha fatto no con la testa. – No, non vado –. La luce alle sue spalle era piú forte.

– Scappa. Stanno qui. Scappa.

– No.

– Te ne devi andare. Ti prego! Vattene!

– No.

Ho urlato e implorato. – Vattene! Vattene! Se non te ne vai ti ammazzano, lo vuoi capire?

Si è messo a piangere.

– Vattene. Vattene via. Ti prego, ti scongiuro. Vattene via... E non ti fermare. Non ti fermare mai. Mai piú... Nasconditi! – Sono caduto a terra.

– Non ce la faccio, – ha detto. – Ho paura.

– No, tu non hai paura. Non hai paura. Non c'è niente da avere paura. Nasconditi.

Ha fatto sí con la testa ed è scomparso.

Da terra ho cominciato a cercare la corda nel buio, l'ho sfiorata, ma l'ho perduta. Ci ho riprovato, ma era troppo in alto.

Attraverso il buco ho visto papà. In una mano teneva una pistola, nell'altra una pila elettrica.

Aveva perso.

Come al solito.

La luce mi ha accecato. Ho chiuso gli occhi.

– Papà, sono io, sono Miche...

Poi c'è stato il bianco.

Ho aperto gli occhi.

La gamba mi faceva male. Non era la gamba di prima. L'altra. Il dolore era una pianta rampicante. Un filo spinato che si attorciglia alle budella. Una cosa travolgente. Rossa. Una diga che si è rotta.

Niente può arginare una diga che si è rotta.

Un rombo montava. Un rombo metallico che cresceva e copriva tutto. Mi pulsava nelle orecchie.

Ero bagnato. Mi sono toccato la gamba. Una cosa densa e calda mi impiastricciava tutto.

Non voglio morire. Non voglio.

Ho aperto gli occhi.

Ero in un vortice di paglia e luci.

C'era un elicottero.

E c'era papà. Mi teneva tra le braccia. Mi parlava ma non sentivo. I capelli gli brillavano mossi dal vento.

Luci mi accecavano. Dalle tenebre spuntavano esseri neri e cani. Venivano verso di noi.

I signori della collina.

Papà, stanno arrivando. Scappa. Scappa.

Sotto il rombo il cuore mi marciava nel petto.

Ho vomitato.

Ho aperto gli occhi di nuovo.

Papà piangeva. Mi carezzava. Le mani rosse.

Una figura scura si è avvicinata. Papà lo ha guardato.

Papà, devi scappare.

Nel rombo papà ha detto: – Non l'ho riconosciuto. Aiutatemi, vi prego, è mio figlio. È ferito. Non l'ho…

Ora era di nuovo buio.

E c'era papà.

E c'ero io.

FINE

«Io non ho paura»
di Niccolò Ammaniti
I Miti
Arnoldo Mondadori Editore

Questo volume è stato stampato
presso Mondadori Printing S.p.A.
Via Bianca di Savoia n. 12 – Milano
Stabilimento NSM
Viale De Gasperi n. 120 – Cles (TN)
Stampato in Italia – Printed in Italy

I MITI
Periodico quindicinale:
N. 165 del 22/3/2005
Direttore responsabile: Stefano Magagnoli
Registr. Trib. di Milano n. 560 del 17/9/1999

ISSN 1123-8356

54732
2005